古代文史名著选译丛书

主编　章培恒　安平秋　马樟根

杜甫诗选译

修订版

译注　倪其心　吴　鸥

审阅　黄永年

凤凰出版传媒集团　凤凰出版社

图书在版编目（CIP）数据

杜甫诗选译 / 倪其心，吴鸥译注. -- 南京 : 凤凰出版社，2011.5（2016.4重印）
（古代文史名著选译丛书）
ISBN 978-7-5506-0438-4

Ⅰ. ①杜… Ⅱ. ①倪… ②吴… Ⅲ. ①杜诗－选集 Ⅳ. ①I222.742

中国版本图书馆CIP数据核字(2011)第046093号

书　　名　杜甫诗选译
译 注 者　倪其心　吴　鸥
责任编辑　李相东
出版发行　凤凰出版传媒股份有限公司
　　　　　凤凰出版社(原江苏古籍出版社)
　　　　　发行部电话025-83223462
出版社地址　南京市中央路165号，邮编：210009
出版社网址　http://www.fhcbs.com
照　　排　江苏凤凰制版有限公司
印　　刷　江苏凤凰新华印务有限公司
　　　　　中国江苏南京经济技术开发区尧新大道399号　邮编：210038
开　　本　960×1304毫米　1/32
印　　张　8.375
字　　数　136千字
版　　次　2011年5月第1版　2016年4月第2次印刷
标准书号　ISBN 978-7-5506-0438-4
定　　价　21.00元
(本书凡印装错误可向承印厂调换，电话：025-68037410)

《古代文史名著选译丛书》修订版出版说明

呈献在读者面前的这套《古代文史名著选译丛书》是2011年的修订版。全书共134册，包括了中国从先秦至清末两三千年间的著名典籍。每部典籍都选其精粹(《论语》《老子》则全文收录)，收录原文，加以简明的注释，力求准确地译为现代汉语，并于每一篇之前写有对该文的提示性说明。这是近一个世纪以来，规模最大、收录种类相对齐全、译注质量较高的一套普及传统文化的今译丛书。

这套丛书，原在1992年—1994年由巴蜀书社分三批出齐，印行过万套；不久，又由台湾的出版机构买去海外版权在台湾及海外发行，可见这套丛书当年在两岸受欢迎的程度。时隔17年，丛书编委会决定重新修订，改由江苏凤凰出版集团所属的凤凰出版社出版。

这套丛书是由教育部属下的全国高等院校古籍整理研究工作委员会(简称古委会)于1985年策划的。古委会组织了全国18所大学的古籍整理研究所的所长任编委会编委，由我们三人任主编，在全国范围内选请学有专长的学者承担各书的译注。从1986年—1992年，历时7年完成。当时，编委会制订了严明、可行的体例和细则，译注者按要求完成书稿。每部书稿完成后，都在全国范围内请编委会之外的专门研究这一学术领域的两位专家初审，合格后再请两位编委参照初审意见审改，然后退还原译注者改正。待原译注者改正后，再由编委会集中常务编委和部分编委、相关专家在一地将每部书稿从头至尾审改。这样的集中审稿会一般都在8—15天，7年中开了12次审改会。审改后，三位主编再集中在一起逐一审定，交付出版社。这一工作程序，使得这套丛书的译注质量有了一定的提高。所以，这套丛书，在一定程度上是个人与多人合作的结果。关于这套丛书的编纂始末，我们曾在1992年4月全书交稿后写有一篇文章，这次附在修订版书末，便于读者了解。

这次修订，是交由原译注者自己修改。少数译注者已去世，则书稿一仍其旧。个别译注者已联系不上，也保持原貌。

1992年—1994年出版时，书前有当时古委会主任周林先生写的序。周林先生是这一丛书的发起者。他已于1997年6月去世，至今已14年了。为了尊重历史，也为了纪念他，修订版仍用他的序。

我们三人在1985年—1992年主持这套丛书工作时，年龄大的是从51岁到58岁之间，年龄小的是从44岁到51岁之间，那时尚有精力组织、参与这一工作，今天我们都已年逾古稀。全书修订版出版之际，心情似乎比当年更惴惴不安地期待着读者的评头品足，期待着不要对读者贻误太多。

回想这套丛书，真应该感谢我们的祖先为我们留下了这样深厚、丰富的思想、文化遗产，使我们今天仍然受用无穷。应该感谢这套丛书的全体译注者、审阅者、编委和当年的出版者巴蜀书社、今天的出版者凤凰出版社，是他们的学识、辛勤与真诚使得这套丛书得以面世。

章培恒　马樟根　安平秋

2011年3月15日

序

《古代文史名著选译丛书》与广大读者见面了。这是丛书编委会的同志与众多专家学者通力协作、辛勤耕耘的结果。

中华民族在五千年漫长的岁月里，创造了光辉灿烂的文化，给人类留下了丰富的精神财富。“观今宜鉴古，无古不成今”。今天，以马克思主义的科学理论为指导，整理研究我国古代文化典籍，做到汲取精华，剔除糟粕，古为今用，推陈出新，使人们在正确认识民族历史的同时，得到爱国主义的教育，陶冶道德情操，提高全民族的文化素质，促进社会主义文化的繁荣，使文明古国的历史遗产得以发扬光大，这是我们每个炎黄子孙的责任。而要做到这样，对古籍进行整理与研究是重要的基础工程。但是，整理与研究古籍仅作标点、校勘、注释、辑佚还不够，还要有今译，使老年人、中年人、青年人都愿意去读，都能读懂，以便从中得到教益。

基于以上认识，全国高等院校古籍整理研究工作委员会于1986年5月组成了以章培恒、安平秋、马樟根三位同志为主编的《古代文史名著选译丛书》编委会，确定了以全国十八所大学的古籍整理研究所为主力承担这一看似轻易、实则艰巨的今译任务。在第一次编委会议上，拟定了《凡例》、《编写与审稿要求》、《文稿书写格式》和一百余种书目。以每一种书为十万至十五万字计算，这套丛书大约有一千余万字，应该说是一项大工程。经过一年的努力，完成了第一批三十六部书稿的译注任务。在各研究所的专家与所长把关的基础上，于1987年5月和7月，先后在复旦大学、北京大学召开了部分编委参加的审稿会，通过了二十五部书稿，作为《古代文史名著选译丛书》与广大读者见面的第一批作品。与此同时，在1987年7月6日，邀请了在京的十几位专家教授与编委会十几位编委一起座谈这套丛书与古籍今译的问题。专家们肯定了今译工作的必要性与深远意义，并以他们数十年的教学科研和创作的经验，说明今译是一项难度很大的工作，是培养人才，使之打下坚实基本功的一种有效方法；专家们还对《古代文史名著选译丛书》提出了宝贵的建议，这对当时的审稿工作和保证《丛书》的质量起了很好的作用。

实践证明，古籍的今注不易，今译更难。没有对作品的深入、透彻的研究，没有准确、通俗、生动的语言表达能力，要想做好今译是不可能的。两年多来，全国高等院校古籍整理研究工作委员会在探索古籍的今注、今译的道路上，做了一些工作。这部丛书的出版，是系统今译的开始，说明古籍整理研究工作有了新的进展。更可喜的是，一批中青年学者参加了今注今译工作，为古籍整理增添了新生力量，相信他们会在实践中，在学习中，成长成熟。我希望，这套丛书的编委会和高校各古籍整理研究所要敞开大门，加强同国内外专家学者的联系，征求他们和广大读者的意见，并向有真才实学而又适宜做今译工作的专家学者约稿，以提高古籍译注的水平，使《古代文史名著选译丛书》的第二批、第三批作品的质量更上一层楼。

这是一套以文史为主的大型的古籍名著今译丛书。考虑到普及的需要，考虑到读者对象，就每一种名著而言，除个别是全译外，绝大多数是选译，即对从该名著中精选出来的部分予以译注，译文力求准确、通畅，为广大读者打通文字关，以求能读懂报纸的人都能读懂它。我希望这套丛书能成为中小学教师的语文、历史教学的参考书，成为大专院校学生的课外读物，成为广大文史爱好者的良师益友。由于系统的古籍今译工作还刚刚起步，这套丛书定会有不少缺点、错误，也诚恳地希望读者批评指正。

巴蜀书社要我为这套丛书写序，我欣然接受了。我相信这套丛书不仅会使八十年代的人们受益，还将使子孙后代受益，它将对祖国的繁荣昌盛起到点滴的作用。最后借此机会向曾给予我们支持、帮助的专家学者和巴蜀书社的同志表示衷心的感谢！并殷切地希望台湾同胞、港澳同胞、海外侨胞和我们一同做好祖先留给我们的文化遗产的整理工作，为中华民族灿烂的文化再放异彩而努力！

周　林

1987年10月于北京

目　录

前　言

唐代诗人杜甫，字子美，祖籍襄阳（今湖北襄阳），后迁巩县（在今河南巩县西），唐睿宗景云三年（712）在巩县诞生。他居住长安（今陕西西安）南郊少陵时，曾自称“少陵野老”；晚年在成都（今四川成都）时曾被荐举为节度参谋、检校工部员外郎，因此后世多称他为杜少陵、杜工部。唐代宗大历五年（770）冬天，在长沙、岳阳之间的湘江旅船上逝世，享年五十九岁。杜甫是一位伟大的现实主义诗人，被人尊为诗圣，作品被誉为诗史。杜甫所留下来的诗歌计一千四百多首。他的诗博大精深，沉郁顿挫，思想和艺术都有很高的成就。

杜甫的祖父杜审言曾任膳部员外郎，是武则天朝的著名诗人，所以杜甫对儿子说“诗是吾家事”（《宗武生日》）。父亲杜闲曾任兖州司马、奉天县令。杜甫幼年丧母，由姑母抚养，七岁开始学诗，十五岁便小有诗名。唐玄宗开元十九年（731），青年杜甫开始“壮游”。他到过金陵（今江苏南京）、姑苏（今江苏苏州），渡过浙江，荡漾剡溪，远涉天姥山。开元二十三年他二十四岁时，被推荐到京城长安应进士科考试，虽然没有考上，仍壮心不减，又到齐、赵（今山东、山西一带）之间漫游。开元二十八年，他到兖州探亲之后，由齐入鲁。翌年，他在洛阳、偃师之间的首阳山下定居，大约在这里与杨氏夫人结婚。天宝三载（744），他在洛阳遇见了辞官离京的大诗人李白，结交相知，共游齐鲁，并在汴州结识了诗人高適，一起饮酒游猎，赋诗论文。次年秋天，李、杜在兖州分别，再也没有重逢。李、杜之游，是杜甫壮游生涯的终曲。此后，他西往长安，谋官求职。

天宝五载到十四载，杜甫在长安生活了十个年头。杜甫原是怀着“致君尧舜上，再使风俗淳”（《自京赴奉先县咏怀五百字》）的政治抱负，意在登上仕途，一展宏图，但总是事与愿违。如天宝六载，唐玄宗下令召集天下有一艺之士进京考试，宰相李林甫却命考官一个不取，然后向玄宗祝贺天子圣明，野无遗贤。致使参加了这次考试的杜甫上当受骗。天宝十载，玄宗举行祭祀玄元皇帝老子、太庙、天地三大盛典，杜甫进献三大礼赋，居然得到玄宗欣赏，命宰相对他进行考试，在集贤院等候分配。但是等了一年，还是不了了之。压抑使他觉悟，贫困使他清醒。天宝十一载以后，他用诗歌来讽谏时政，写出了《兵车行》、《丽人行》、前后《出塞》等一系列名篇。天宝十三载秋天，关中霖雨成灾，他一再向玄宗献赋，同时诉说自己“衣不盖体”（《进鹛赋表》），“常有肺气之疾”（《进封西岳赋表》），“只恐转死沟壑”。他四出求助，但仍不获一官半职，只得把妻儿送往奉先县（今陕西蒲城），委托任县令的亲戚照顾，以便度过饥荒。而他自己，则仍到京城谋官。过了年，政府让他到河西（当今甘肃河西走廊）去充当一个县尉，他没有接受，于是改任右卫率府胄曹参军，当个看守兵甲器仗、管理门禁锁钥的正八品下的小京官。这年初冬十月，他到奉先探望妻儿，写下了划时代的杰作《自京赴奉先县咏怀五百字》，总结了自己长安十年的生活。该诗反映了安禄山乱前的社会政治现实，揭露“朱门酒肉臭，路有冻死骨”的严酷不平的事实。天宝十四载十一月，兼任幽州、平卢、河东三节度使的安禄山率领二十万军队发动叛乱。杜甫匆忙再赴奉先，携带家小逃难，开始了艰难曲折的坎坷生涯。

安禄山叛军只用一个月就从范阳攻到洛阳，半年攻破潼关，占据长安，唐玄宗仓皇逃蜀。天宝十五载七月，太子李亨在灵武（今甘肃灵武）自行即位，改元至德，是为肃宗。杜甫在这年五月从长安再到奉先，带着妻儿先到白水暂住。潼关失守后，随着难民一起向北流亡，经过华原、三川，来到鄜州（今陕西富县），把家小安置在鄜州西北三十里的羌村。八月间，他便只身奔赴灵武，投向肃宗。不幸中途被安禄山部俘获，押解长安，困陷了半年多。在困陷长安期间，他写出了《悲陈陶》、《悲青坂》、《塞芦子》、《春望》、《月夜》、《哀江头》等许多名篇。至德二年(757)四月，杜甫脱身逃出长安。这时唐肃宗已到凤翔（今陕西凤翔），杜甫“麻鞋见天子”（《述怀》），被授为左拾遗，官阶从八品，充任了皇帝的谏官。不久后，发生了宰相房琯被罢免的事件。杜甫上疏认为不当轻易罢免大臣，这就得罪了肃宗。幸亏新任宰相张镐为他说情，才得免罪。但仍奉命回鄜州探家。八月初一杜甫离开凤翔，来到鄜州羌村，在家里写了著名的长诗《北征》。

这年九月，长安收复。十月，洛阳收复。十月底，肃宗回长安，杜甫赶来扈从。已为太上皇的玄宗在十二月也回到长安。这时宫廷内有太上皇、皇帝及太子之间的明争暗斗，朝廷上由于肃宗妻张后与宦官李辅国勾结，擅权干政，加上平叛的将领拥兵割据，回纥、吐蕃等异族乘机扩张。同时，安禄山虽然死了，一度归降的史思明又叛变称帝，战乱继续蔓延。黄河流域天灾不绝，农业萧条，百姓流亡，人口锐减。杜甫以诗讽谏，写了《洗兵马》、《留花门》等名篇。乾元元年(758)五月，杜甫出为华州司功参军，从此不再在朝，永别长安。第二年初，他探视了河南陆浑庄旧居，然后经洛阳回华州任所。这时郭子仪等九个节度使率军六十万围攻安庆绪盘踞的邺城，被史思明五万兵击破溃败。郭子仪被迫退守河阳。杜甫途经新安、石壕、潼关等地，写了著名的“三吏”、“三别”，即《新安吏》、《潼关吏》、《石壕吏》和《新婚别》、《垂老别》、《无家别》。杜甫回到华州已值初夏，关中京畿地区饥荒，生活困难。杜甫在七月弃官率家流亡，西去秦州（今甘肃天水）。客居四月，谋筑草堂不成，于初冬十月，前往同谷（今甘肃成县），无亲无故，靠挖野菜充饥。一月后，他登上蜀道，在年底到达成都。从此开始了所谓"漂泊西南天地间"（《咏怀古迹》）的颠沛流离。

上元元年（760），杜甫到成都第二年的春天，在成都城西三里的浣花溪畔修筑了几间茅屋，便是草堂，结束流亡生活，暂时有了栖身之所。这年他四十九岁。十年长安的辛酸屈辱，三年从政的艰难曲折，两年的颠沛流离，来到这田园草堂，自然深深感受到和平生活的美好，体会到朋友情谊的珍贵，更加关心天下寒士的命运，写出了《春夜喜雨》、《不见》、《蜀相》、《茅屋为秋风所破歌》等名篇。第二年，旧友严武出任成都尹，对他颇为照顾，他才算过了两年安定生活。唐代宗即位，宝应元年严武回朝述职，成都少尹徐知道叛变，杜甫又流亡梓州一年多。此后，即转往阆州。在梓州，他听说八年安史之乱终于平息，欣喜欲狂，写了《闻官军收河南河北》，觉得"青春作伴好还乡"，快要"便下襄阳向洛阳"了。但不到半年，他又为吐蕃进攻长安而忧心如焚。直到广德二年（764）春天，严武回到成都，再镇蜀中，杜甫才回到成都，并且接受严武召请，入幕为节度参军。严武举他得了个从六品官衔检校工部员外郎。他在严武幕府住了几个月，便回草堂。过了年，永泰元年(765)四月，严武突然去世，杜甫失去依靠，只得离开成都，携家乘舟东下，结束了“五载客蜀郡，一年居梓州”(《去蜀》)的成都客居生涯。

永泰元年九月，杜甫在云安病倒，住了半年。次年三月迁往夔州(治所在今重庆奉节)，在白帝城下，大江岸边，居住约二年。这时他年老多病，患有肺病、风湿、糖尿病及疟疾。他越来越思忆故国家乡，挂念亲朋故友，关心穷苦人民，忧虑国家前途。其间，杜甫抒情写怀，咏古讽今，感慨激扬，不能自已，所作诗篇，约占今存作品总数三分之一。大历三年(768)初，他离开夔州，乘舟出峡。三月到达湖北江陵。由于河南兵变战乱，杜甫在江陵耽搁了半年。然后，经公安，到湖南岳阳，时已在年底。他一生最后两年，主要是在旅船上度过的。这时的杜甫来往于岳阳、长沙、衡州、耒阳之间，生活贫困，渴念家乡，身体越益衰弱，忧国忧民益切，终于怀着对国家和人民的深切关切，在湘江旅船上告别人世。他的灵柩安置在岳阳。四十三年后，唐宪宗元和八年

(813),他的孙子杜嗣业把他移葬在河南首阳山下。

诗人杜甫生活在大唐帝国从鼎盛向衰落的历史转折年代,历经唐玄宗、肃宗及代宗三朝。他接受儒家思想熏陶,爱好诗歌创作。开元盛世在他青少年的心灵中灌铸了政治开明、国强民富的帝国伟大形象,使他怀有治国济民的远大抱负,积极求进,乐观展望,培养了执著高尚的爱国主义情操,奠定了杜诗坦荡博大、浩然高歌的风格。在天宝以后,安、史乱起,国家动荡,人民苦难,他与天下寒士一样备受压抑沉沦,饱尝屈辱辛酸;跟广大人民一起经受战乱苦难,忍饥挨饿,逃难流亡。但他始终怀念开元盛世,希望国家中兴,慷慨陈述自己的辛酸,人民的苦难;沉痛讽喻皇帝的失误,大臣的失职;愤怒揭露政治腐朽,无情鞭挞奸佞权贵。随着国家战乱动荡,政治恶性发展,他对皇帝失望,对朝廷无望,却又更深沉地热爱自己的国家。仕途坎坷,生活贫穷,使他更接近人民,更走向下层,因而更热忱地关心人民。在他从一位忠君爱国、仁政爱民的封建士大夫转变为一位爱国爱民、忧国忧民的伟大爱国主义诗人的历程中,他的政治理想依然是“贞观之治”和“开元盛世”,但他的希望所在最终不是皇帝和朝廷，他的心深深和天下寒士、各族劳苦人民联系在一起。他以全部身心来纪录国家的危难、人民的苦难和讴歌美好的山川风物、史事古迹及习俗人情。“诗史”之誉，杜诗当之无愧；“时代的镜子”，对之更为恰当。他今存一千四百多篇诗篇，全面、深刻而真实地反映了他的时代的整个社会现实和历史进程。杜诗伟大成就首先在于思想内容具有高度真实的现实性，崇高的爱国主义精神，深厚的人道主义思想，政治倾向鲜明，反映生活深广。

杜甫写了许多政治诗。有的陈情述怀，如《自京赴奉先县咏怀五百字》、《北征》及《茅屋为秋风所破歌》等；有的评论时事，如《悲陈陶》、《洗兵马》等；有的回忆往事，如《壮游》、《秋兴八首》等；有的反映民情，如《兵车行》、“三吏三别”等；有的咏古讽今，如《蜀相》、《咏怀古迹五首》等；有的寓言讽刺，如《枯棕》等等。杜诗题材多样，内容广泛，手法各别，兴寄有异，但都出自深切的体验，饱含激情，是非分明，因而褒扬贬斥，真实深刻。创作于安禄山叛乱前后的两首著名政治抒情长诗《自京赴奉先县咏怀五百字》和《北征》，都是坦露胸襟，剖析自己；指陈事实，针砭时政；爱国爱民，忧国忧民；忠心耿耿，忧心忡忡；出自体验，发自肺腑；因而真知灼见，证验历史，卓立千古。前诗在抒写经过骊山脚下，感愤唐玄宗在华清宫荒淫作乐的一段，指出：

彤庭所分帛，本自寒女出。
鞭挞其夫家，聚敛贡城阙。

直言道尽封建剥夺的残酷事实。因而写出了贫富贵贱命运悬殊的鲜明对比：

朱门酒肉臭，路有冻死骨。

成为千古警句名言。而他经过桥梁的即兴寄忧：

群水从西下，极目高崒兀。
疑是崆峒来，恐触天柱折。
河梁幸未坼，枝撑声窸窣。
行旅相攀援，川广不可越。

在生动如见的艰难行旅体验的描述中，诗人忧虑国家形势、人民处境的悲切，自然流露，意在言内。他因幼儿饿死而想到民心不安：

生常免租税，名不隶征伐。
抚迹犹酸辛，平人固骚屑。
默思失业徒，因念远戍卒。
忧端齐终南，澒洞不可掇。

得以免租免役的官吏尚且不免饿死儿子，则天下为重赋徭役所迫的平民百姓，家破人亡的悲惨命运也就可想而知了。儒家仁政爱民，由己及人，被严酷的生活体验引导到与被剥削压迫人民息息相通，反过来又更深切地感到人心不安，国家不稳。因而杜甫敏锐感觉到、预见到国家动乱即将来临，虽然他不知道事实上已经发生。

在平叛战争形势已见好转之际创作的《北征》中，杜甫作为一位在职谏官，因为已有亲身干预朝政的体验，忧国更为焦急真切，见识也深刻切实。他并不计较唐肃宗无视他的忠诚将他查办，对他嫌弃，依然忠心耿耿，因为：

乾坤含疮痍，忧虞何时毕！

他关切的是国家人民的安危。因而当他为秋天勃发隐逸雅兴时，他更关切今日危难和昨天悲剧。眼前看见的是：

> 靡靡逾阡陌，人烟渺萧瑟。
> 所遇多被伤，呻吟更流血。

田野荒凉，战士流血，触目惊心。昨天留下的是：

> 夜深经战场，寒月照白骨。
> 潼关百万师，往者散何卒！
> 遂令半秦民，残害为异物。

白骨遍野，惨不忍睹。正是广大爱国士民为帝国付出如此惨重的牺牲，换来形势好转的趋势，理当树立起以民为本、以官军为主力的必胜信心。然而唐肃宗却倾向于依靠回纥骑兵平叛，这不仅本末颠倒，而且有失国体，损伤民族自尊，因而杜甫为此不满而深忧：

> 仰观天色改，坐觉妖氛豁。

阴风西北来，惨淡随回纥。

他担心即将晴朗的帝国天空，由于回纥参战而会变得阴云再涌。因而他吁请唐肃宗抓紧好转的时机，发动官军全面反攻，一举收复洛阳、长安，再一气攻克山东、河北。他的估计虽然过分乐观，但一腔爱国激情却溢于言表。

从至德元年被困长安，到乾元元年出为华州司功参军，他处于政治动乱的中心，对国家危难、人民苦难切肤关心，几乎对每一重大时事及社会动向，他都有诗篇评述反映。著名者如《哀王孙》、《悲陈陶》、《悲青坂》、《塞芦子》、《哀江头》、《自京窜至凤翔喜达行在所三首》、《奉送郭中丞三十韵》、《北征》。《喜闻官军已临贼境》、《收京三首》、《观兵》、《洗兵马》、“三吏三别”、《留花门》等。从王子公孙沦落长安、官军兵败、叛军动向、长安人心、将帅出征、胜利进军、人民情绪到宫廷斗争，都从自己亲身见闻观感的各个角度作了不同程度的歌咏，至今仍可与史实记载相互印证，连贯起来，仿佛大事年表，堪称“诗史”。

杜甫有大量思念、赠送妻儿和亲朋故友的诗

篇，真情实意，亲切感人。其中有三类最为传诵：一是思恋妻儿；二是想念李白；三是感赠患难相遇的故交新识。

杜甫思恋妻儿的名篇是《月夜》。该诗抒写困陷长安时对寄居鄜州的妻子的怀思，前半则设想妻子在鄜州望月思念自己的情景：

今夜鄜州月，闺中只独看。
遥怜小儿女，未解忆长安。

字里行间，表现出妻子的爱和理解。后半抒写对妻子的慰恤体贴和对团聚的苦涩想望：

香雾云鬟湿，清辉玉臂寒。
何时倚虚幌，双照泪痕干。

更在对妻子美好形象的描绘中表现出自己一往情深和夫妻俩伉俪情笃。至于患难夫妻的劫后团聚，杜诗中时有感人抒写。除《自京赴奉先县咏怀五百字》和《北征》中著名片段外，他如《述怀》、《羌村》，用笔真实感人，道尽乱世情味。

杜甫思念李白诗篇的价值不仅在于歌咏了珍贵的友谊，更在于慷慨悲歌一个真诚爱国的文人、一位天才横溢的诗人竟不容于帝国，横遭诽谤，至于沦落。他思念李白的名篇大多在李白流放之后所作。当他听说李白由于永王李璘事件牵连而被流放、生死不明时，写了《梦李白》二首。他梦见李白，醒来更加为李白的命运担忧。对于李白的不幸，杜甫不尽悲慨：

出门搔白首，若负平生志。
冠盖满京华，斯人独憔悴。
孰云网恢恢？将老身反累。
千秋万岁名，寂寞身后事。

世道混浊，斯人憔悴；天道不公，一生坎坷。但是他相信李白将名垂青史，终于不朽。在《天末怀李白》中，他将李白与屈原比美；他为李白写了《不见》一诗，以“不见李生久，佯狂真可哀。世人皆欲杀，吾意独怜才。敏捷诗千首，飘零酒一杯。匡山读书处，头白好归来”等八句，概括了李白一生的特点，总结了一代天才的性格、心态、遭遇和归宿。这是李白的，也是杜甫的，更是封建制度束缚下才士的一般命运。因此，千百年来激动着文人士大夫，回响共鸣。

患难见真情，是杜甫赠亲别友诗中相当突出的强音。至德元年(756)六月，杜甫全家逃难路过彭衙，受到故友孙宰热情款待。次年从凤翔回鄜州经过彭衙西面，回想去年情景，激情感动，追写了《彭衙行》赠给孙宰。其中描写逃难途中：

痴女饥咬我，啼畏虎狼闻。
怀中掩其口，反侧声愈嗔。
小儿强解事，故索苦李餐。

一派饥寒逼迫，辛酸悲恻。天黑投宿孙宰家，孙宰为他们张灯开门，暖汤洗脚，剪纸招魂，烧饭煮菜，并且要结拜兄弟，挽留安居，使诗人无限感激：

谁肯艰难际，豁达露心肝！

他如抒写故友久别重逢的《赠卫八处士》，寒暄慰问，情热意伤，读来亲切，想来悲切。“人生不相见，动如参与商”，“昔别君未婚，儿女忽成行”，“夜雨剪春韭，新炊间黄粱”，名言佳句，脍炙人口。

杜甫歌咏山水景物及风土人情，凝聚着对祖国人民深沉的挚爱。早年遥望泰山的《望岳》，可以见其远大抱负。晚年从流亡到漂泊西南，无论即兴还是感讽，都体现出博大胸怀。例如《春夜喜雨》：

好雨知时节，当春乃发生。
随风潜入夜，润物细无声。
野径云俱黑，江船火独明。
晓看红湿处，花重锦官域。

春夜一场细雨，激发诗人对造化滋润万物的无限欣喜，仿佛在黑夜见到了光明，想望着明天的繁花似锦。显然，诗人心里想到的是危难的国家和苦难的人民。再如《登楼》，诗人登楼看见春花繁荣，心中想到国家多难。“锦江春色来天地，玉垒浮云变古今”，深感山河古今存在，风景从未变化。于是即景变为感时：

北极朝廷终不改，西山寇盗莫相侵。

可怜后主还祠庙，日暮聊为《梁父吟》。

坚信国家永存，警告外敌莫侵，感慨亡蜀阿斗居然享受国君祭祀，悲伤诸葛亮一生艰难忠诚。白帝城下，长江水上，一场暴雨，“高江急峡雷霆斗，古木苍藤日月昏”（《白帝》），他感受到了天下战乱动荡，到处家破人亡，“哀哀寡妇诛求尽，痛哭秋原何处村？”夔州风俗，女大当家，丈夫侍候，但是战争征丁，男子一空，“四十五十无夫家”，“一生抱恨长咨嗟”。夔州妇女艰苦劳动，然而“至老双鬟只垂颈，野花山叶银钗并”，几处寡妇终老。诗人愤怒指责：

若道巫山女粗丑，何得此有昭君村！

对人民的深挚同情，突破了儒家华夷之辨和歧视妇女的偏见，发出了人道的呼声。因而当一个年轻主人修篱笆禁止贫穷邻居老妇来屋前打枣充饥时，他诚恳告诫这位青年应当体贴老妇的苦难，深思苦难的根源：“不为困穷宁有此，只缘恐惧转须亲”；“已诉征求贫到骨，正思戎马泪盈巾”。从大自然造化，到人事的细微，都流露着诗人爱国爱民、忧国忧民的深情厚谊。他也有一些即景咏怀的诗篇，抒发了不遇的悲愤。例如《旅夜书怀》、《江汉》等。此外，他还写了不少题画赞书、咏舞叹乐、讴歌建筑以及农具器物的诗篇，优美生动，各有兴寄，同样可见胸怀，并有文化史料和文献价值。

杜诗的艺术，总体来说，以如实反映社会典型的现实主义为主。在创作思想上，以儒家风雅传统为基本出发点，“法自儒家有，心从弱岁疲”（《偶题》），从青年起就辛勤钻研儒家诗法。同时不断总结诗歌创作的经验体会，“文章千古事，得失寸心知”。他要求内容真实有针砭，形式精美合体制，因而高度评价同时诗人元结《舂陵行》，称之“知民疾苦”，使“万物吐气，天下小安”，誉为“两章对秋月，一字偕华星”，“见比兴体制，微婉顿挫之词”（《同元使君舂陵行》及序）。他自评一生创作是“漫作《潜夫论》，虚传幼妇碑”，认为大体可比汉代王符《潜夫论》讥刺时政，可及汉末蔡邕赞赏邯郸淳《曹娥碑》所谓“绝妙好辞”。他主张学习前人诗歌应当“别裁伪体亲风雅”（《戏为六绝句》）；认为宋玉《九辩》同样值得学习，“风流儒雅亦吾师”（《咏怀古迹五首》）。但他并不贬薄山水田园诗，而是充分理解它们的意义和价值。觉得战乱时世,“稼穑分诗兴,柴荆学土宜”(《偶题》),是必然的;“焉得思如陶(渊明)、谢(灵运)手,令渠述作与同游”(《江上值水如海势聊短述》),亦属自然。认为清高隐逸,“礼乐攻吾短,山林引兴长”(《秋野五首》),自有高兴;“登临多物色,陶冶赖诗篇”(《秋日夔府咏怀奉寄郑监李宾客一百韵》),可以陶冶性情。因而他肯定谢灵运、谢朓等南朝山水诗人的“能事”和“用心”,钦佩孟浩然、王维等同代田园诗人的“清诗”、“秀句”,称为“高人”。他重视诗歌艺术,强调多方面学习。他严肃执著地追求精湛艺术,“语不惊人死不休”,“新诗改罢自长吟”,而且“晚节渐于诗律细”(《遣闷戏呈路十九曹长》)。要求读书增长知识,提高理解水平和创作能力,“读书破万卷,下笔如有神”(《奉赠韦左丞丈二十二韵》),教导儿子要“熟精《文选》理”(《宗武生日》)。对于青年文士一度轻薄议论庾信及初唐四杰的诗歌,他诚恳劝导他们要正确对待,指出“庾信文章老更成”,晚年成就很高;“王、杨、卢、骆当时体”,代表初唐艺术成就;“或看翡翠兰苕上,未掣鲸鱼碧海中”,应当看到他们雄厚的才力;“清词丽句必为邻”,至少可以学习语言艺术;所以应当“转益多师是汝师”，必须学习前代诗人的各种长处。此外，他还重视书画歌舞艺术，注意多方面吸取艺术营养。总之，杜甫创作思想继承发展了《诗经》以来古典诗歌现实主义的优良传统，力求思想与形式的完美结合，达到讽喻教化的社会作用。

具体地说，杜诗各类主题的作品具有不同艺术特点。政治诗多叙事而有浓厚抒情，大多采取五七言乐府古体，韵律较自由，适于慷慨陈事，淋漓尽致。思恋家室亲朋的抒情诗和歌咏山川风物人情的即兴咏怀诗，则据题材和情思，或用古体陈述，或用近体沉思，或作古体而有排对，或作近体而如流水，不以格律束缚思想，而从感情择取形式，并不一律。从不同时期作品的特点看，杜诗艺术风格也有发展变化，晚年漂泊西南的诗篇明显比以前的创作更为锤炼老到，艺术精美。但总体地看，贯彻始终的共同特点是，鲜明的个性风格，精心的艺术表现，精炼的形象语言以及精致的声韵格律。

无论长篇巨制或绝句小诗，重大主题或即兴偶思，主观抒情或客观叙事，杜甫的自我形象都是鲜明突出，从不隐蔽的。比较起来，长诗的诗人形象充实完整，小诗也可见一斑。例如《自京赴奉先县咏怀五百字》通过披露胸襟、声斥贵倖、描述气象、寓意形势、哀痛丧子、同情人民等一系列具体事情，体现出一种磊落书生气概，浩然志士情操。《北征》则生动表现为忠君守职的谏官，爱妻怜儿的家长，融合为一个乱世忧国忧民的寒士小臣，字字见情，句句传神。而在《江畔独步寻花》的绝句里，锦江岸边的春花，触发诗人雅兴，却引来许多人生苦涩的感慨。有的有人照料，"留连戏蝶时时舞，自在娇莺恰恰啼"(其六)，招来许多爱怜；有的却无依归，"桃花一簇开无主，可爱深红爱浅红"(其五)，深浅由她冷落。老诗人希望爱惜春花，珍惜青年，"繁枝容易纷纷落，嫩蕊商量细细开"(其七)。前后《出塞》拟从军战士自述，然而诗人往往化为自我，议论军事，发挥己见。即使像《石壕吏》那样叙述投宿石壕村遇见官吏抓丁的悲剧，仿佛摆客观事实，并未插入主观评论，但这恰是传统史笔，一字褒贬，倾向鲜明，无意隐蔽。其实，杜甫诗歌艺术的这一特点，正是继承发展了儒家传统诗法，充分见出中国古典诗歌现实主义优良传统的特色。

杜诗叙事作品多于抒情篇什，但是叙事饱含激情，抒情常发议论。从表现手法看，多用赋而比兴，不少兴寄而赋。但是表现上的更重要的特点是深挖主题,用心谋篇,以多种手法表现主题思想。诗人敏锐地抓住现实的特征现象,发掘其深刻的思想内涵,力求形象的表现,实质是现实主义创作的典型化。例如《兵车行》是依据当时事实写作的,但诗人并不停留在送别战士的悲痛情绪和号哭场面上,而是通过一位老兵陈述经历,揭示皇帝黩武开边,战争不义,兵役频仍,家庭离散,劳力缺乏,农事荒废,祸国殃民。这就使事件、人物具有典型意义,而构思独到,不同一般;借汉讽唐,问答议论,手法灵活,推陈出新。又如《丽人行》借曲江修禊盛会,集中揭露杨贵妃姊妹及杨国忠,铺陈形容,明讽暗刺,曲折有致。他如《月夜》从设想妻子独望构思,《梦李白》写李白梦中来访,《春夜喜雨》的即景寄兴,《枯棕》的借物刺时,《洗兵马》的见美见刺,《茅屋为秋风所破歌》的大声疾呼,等等,都可以见出杜甫精心构思与多样表现,无不从属于深挖主题,加强典型的努力,不过当时主观上是出于对国家人民的深切关心,对社会现实的真切体验,对诗歌艺术的精湛追求,不必具有现代理论观念。正如杨伦在《杜诗镜铨》中所评:“自六朝以来,乐府题率多模拟剽窃，陈陈相因，最为可厌。子美然出而独就当时所感触，上悯国难，下痛民穷，随意立题，尽脱去前人窠臼。”

杜甫精炼诗歌语言与讲究诗歌格律是统一的，注重语言雅俗与格律古近的谐调，要求思想感情和艺术构思的整体完美。大体地看，叙事诗继承汉乐府古诗的传统，注意提炼生动的口语，深入浅出，明白如话，传神见形，气势充沛；抒情咏怀之作则多采取近体格律，讲究典雅的书面语言，形象性强，音乐感美，凝练概括，警策突出，发人思索，给人启迪。但是杜诗语言格律最富独创、最见功力的是，口语俗词入近体，典故雅言作歌行，近体有古风，古体见清丽，被宋代诗人苏东坡、黄庭坚概括为“以俗为雅，以故为新”，开辟了诗歌语言与格律体裁融为一体的灵活运用的广阔途径。例如《洗兵马》一作《洗兵行》，属于“即事命题”的新题乐府，是七言歌行古体，然而由于诗人旨在歌颂而寓讽刺，因此气势浩大，通篇排对，雅词俗句，实同长律。而如七律《登高》中二联“无边落木萧萧下，不尽长江滚滚来。万里悲秋常作客，百年多病独登台”、《登岳阳楼》“吴楚东南坼，乾坤日夜浮。亲朋无一字，老病有孤舟”

等，都是精炼常语为雅韵，善用陈词说新意，语言格律，自然融合，抑扬顿挫，老到圆熟，读来如话，听觉优美，推敲有味，分析合律。因而宋人尊杜甫为五七言古近体诗之集大成者，认为“学诗当以子美为师，有规矩，故可学”，“学杜不成，不失为工”（陈师道《后山诗话》）。

杜甫生前，其诗并无洛阳纸贵的哄动效应，不甚为世重视。四十年后，适应封建社会政治革新的需要，“古文”运动、“新乐府”运动兴起，杜甫为人和杜诗价值开始被发现，受推崇，韩愈称“李杜文章在，光焰万丈长”（《调张籍》），元稹认为“诗人以来，未有如子美者”（《杜君墓志铭》），白居易更扬杜抑李，以为杜诗“可传者千余首，至于贯串今古，𬙊缕格律，尽工尽善，又过于李”（《与元九书》）。北宋以后，志士忧患意识深重，对杜诗评价日高，杜甫的历史地位愈显，王安石、苏轼、黄庭坚、陆游等都极予尊崇。元代方回归结宋代江西诗派，更尊杜甫为其祖师。随着南宋衰弱，北方金、元相继兴起，杜诗爱国主义光辉更加焕发，宋末民族英雄文天祥在元人监狱中集杜句成诗二百首，觉得“凡吾意所欲言者，子美先为代言之”（《集杜诗自序》）。直到今日，杜诗爱国主义精神仍有伟大感召力和教育意义。

杜甫诗集，旧史所载原为六十卷，但已散佚。今存杜集大都以北宋王洙辑集、王琪重编《杜工部集》为基础，各种辑集增补本、注释本，种类甚多。清代以来，通行的有钱谦益《笺注杜工部集》，仇兆鳌《杜诗详注》（又名《杜少陵集详注》），浦起龙《读杜心解》，杨伦《杜诗镜铨》等。这里选择杜诗名篇中的一部分，依写作时序编次，注释今译，以便阅读。

倪其心（北京大学中国古文献研究中心）
吴　鸥（北京大学中国古文献研究中心）

望　岳

大约在开元二十八年(740),杜甫二十九岁时,到兖州探望父亲后由齐入鲁,途经泰山,写下了这首诗。诗中歌咏了泰山雄伟壮丽、特立天地的气势,显示出诗人临近而立之年时的开阔胸襟和雄壮气概。这也是诗人少数仅存的早年作品之一,通常的杜诗编年集列为首篇。“岳”指东岳泰山。“望岳”是远望泰山,并未登山。

岱宗夫如何①？齐鲁青未了②。

造化钟神秀③，阴阳割昏晓④。

荡胸生曾云⑤，决眦入归鸟。

会当凌绝顶⑥，一览众山小。

【翻译】

五岳之长的泰山呵，是怎样的形象？

从齐到鲁，青青的山色还没有看了。

大自然的神奇集中到这里，

山北山南分割成黄昏和拂晓。

山上涌出层层云烟荡涤我的胸臆，

---

① 岱宗：泰山的尊称，意思是“万物之始，阴阳交代”，“五岳之长”（《风俗通·山泽》）。夫：语气词，等于“呵”。 ② 齐：指周代齐国，今山东省北部。鲁：指周代鲁国，今山东省西南部。了：到头。 ③ 造化：这里是天地的意思，等于说“大自然”。钟：集中。神秀：指山水的神奇秀美。 ④ 阴阳：山北叫阴，山南叫阳。 ⑤ “荡胸”二句：化用汉代马融《广成赞》“洞荡胸臆，发明耳目”语意，形容远望泰山崇高气象，令人荡涤胸中杂念，目光清明远大。曾：通“层”。决眦（zì 字）：裂开眼角，形容睁大双眼。 ⑥ “会当”二句：用《孟子·尽心上》“孔子登泰山而小天下”语意，表示自己怀有圣人的雄心壮志。会当：应当而且相信将来有机会实现的意愿。凌：登上；一作“临”。

睁大眼睛看得见入林归山的飞鸟。

终有一天要攀登上顶峰，

看尽群山都显得那样渺小。

同诸公登慈恩寺塔

天宝十一载(752),杜甫已在长安居住了七年,没有谋到官职,生活窘困,但政治抱负并未消失,所以对现实的认识更为清醒。这年秋天,他与高适、岑参、储光羲、薛据等曾在傍晚同登长安城东南进昌坊的慈恩寺塔。高适、薛据首先赋诗,他和岑、储二人都和诗一首。“同”即唱和的意思。杜甫这首诗以比兴手法,咏景吟事,倾泄了心中对政治现实的不满和忧愤。清代浦起龙解释这首诗的思想内容是“乱源已兆,忧患填胸,触境即动,追想国初政治之隆,预忧日后荒淫之祸,而有高举远患之思也”(《读杜心解》)。慈恩寺塔也叫大雁塔,今尚矗立在陕西西安南郊。

高标跨苍穹①，烈风无时休。自非旷士怀②，登兹翻百忧③。方知象教力④，足可追冥搜⑤。仰穿龙蛇窟⑥，始出枝撑幽⑦。七星在北户⑧，河汉声西流⑨。羲和鞭白日⑩，少昊行清秋⑪。秦山忽破碎⑫，泾渭不可求⑬。俯视

---

① 高标：高高的标志，指塔。苍穹：天空；一作“苍天”。② 自非：如果不是。旷士：超脱时世的旷达之士。③ 兹：这，指塔。④ 象教：指佛教。古人以为佛教用佛像和寺庙佛塔建筑等形象来进行教育感化，故称之为象教。⑤ 冥搜：寻求幽僻境地；指旷士隐逸山林的情怀举止。⑥ 龙蛇窟：形容塔内梯道盘旋曲折，如同龙蛇盘踞的洞窟。⑦ 枝撑：指塔内梁柱结构，斜支横撑。幽：光线阴暗。⑧ 七星：即北斗星，今属大熊星座。北户：指塔上北开的门洞。⑨ 河汉：即银河，天河。声：想象银河流水声。西流：秋天银河由偏南转向偏西。⑩ 羲和：古代神话中太阳神，驾御六龙运载太阳。鞭白日：鞭策六龙，加速运行太阳，比喻时光流逝迅速。⑪ 少昊(hào 浩)：即少皞，古代神话中的秋神。⑫ 秦山：关中是古秦国领地，所以这里泛称长安附近山岭，如终南山等。忽破碎：黄昏山色朦胧，望去不成整体。⑬ 泾、渭：泾水和渭水，流经长安。泾水清，渭水浊，分明可辨。不可求：天色昏暗，分不清泾清渭浊。

但一气①，焉能辨皇州②！回首叫虞舜，苍梧云正愁③。惜哉瑶池饮，日晏昆仑丘④。黄鹄去不息，哀鸣何所投⑤！君看随阳雁⑥，各有稻粱谋⑦。

---

① 一气：气象混沌一片。② 焉能：怎能。皇州：皇帝居住之地，指京城长安。以上四句写黄昏景色气象，寓有比兴时事忧国的寄托。③“回首”二句：虞舜是儒家奉为典范的上古圣君，相传死后葬在苍梧之野。苍梧：即九疑山，在湖南宁远东南。云正愁：传说苍梧常有白云流动，这里是借黄昏天暗，形容白云失色，似在忧愁。这二句的寓意，学者多认为以虞舜比兴唐代开国先帝，讽谕唐玄宗昏庸，使先帝不安。或说，唐高祖号神尧皇帝，杜甫是以虞舜喻指唐太宗。④“惜哉”二句：《列子·周穆王》载，周穆王曾到西王母处作客，在瑶池饮宴唱和，并到昆仑山日落处观赏。这里感慨其事，寓意于讽喻唐玄宗与杨贵妃在骊山华清宫荒淫作乐。日晏：天晚日落。昆仑丘：指神话中昆仑山日落处。⑤“黄鹄”二句：《韩诗外传》二载，鲁哀公不识大夫田饶才能，田饶对鲁哀公说了一个比喻：“黄鹄一举千里”，有高飞远行的能力，栖落在鲁国园林池塘里，啄食鲁国的稻粱，还受到高贵的待遇，因为看见它是从远方飞来的。他认为如果用士也这样，那么像他这样的鲁国大夫只能离开鲁国，作黄鹄远飞了。这里用来比兴讽喻唐玄宗不用贤才，朝中贤臣不断离去，悲哀前途。黄鹄：黄色天鹅。去：离开。息：停止。⑥ 随阳雁：大雁寒秋南飞，阳春北归，寻找温暖。这里比喻追求温饱的一般士大夫。⑦ 稻粱谋：喻生计。

【翻译】

慈恩寺塔像一个标志高耸天空，
强劲的风没有停息的时候。
如果没有旷达之士的情怀，
登临此塔会翻滚起种种的忧愁。
这才体会到佛教的力量，
完全可以追攀而冥搜。
仰身上梯仿佛穿过龙蛇的洞窟，
方始通过横斜枝撑走出昏幽。
北斗七星就出现在北面楼门之外，
听见银河水响已经偏转而向西流。
羲和鞭策白日，
少昊掌管清秋。
秦地群山忽然破碎，
泾水渭水也模糊不能寻求。
低头观看只见一派混沌，
哪能认得出是当今皇州。
回头呼叫虞舜，
苍梧的白云正为昏暗发愁。
可惜啊，瑶池仍在饮宴，
日色已晚仍停留在昆仑之丘。

黄鹄不停地离开长安，
悲鸣着将往哪里奔投！
你看那追求温饱的大雁，
它们也各自有稻粱之谋。

奉赠韦左丞丈二十二韵

天宝五载(746),杜甫三十五岁,从洛阳到长安谋求官职。次年,唐玄宗“诏天下有一艺者皆诣京师就选”(元结《谕友》),杜甫参加考试。宰相李林甫授意尚书省都不予录取,却向玄宗祝贺“野无遗贤”。过了一年,河南尹韦济迁任尚书左丞。由于韦济器重杜甫,杜甫视为知己,因此在这年冬天,写了这首五言古诗向韦济倾诉心中的辛酸悲愤。丈,丈人,对长者的尊称。韵,诗律二句一韵。二十二韵为四十四句。

纨袴不饿死①，儒冠多误身②。丈人试静听③，贱子请具陈④。甫昔少年日⑤，早充观国宾⑥。读书破万卷⑦，下笔如有神。赋料扬雄敌⑧，诗看子建亲⑨。李邕求识面⑩，王翰愿卜邻⑪。自谓颇挺出⑫，立登要路津⑬。

---

① 纨袴：素丝裤子，富贵子弟的衣服，后来用作富贵子弟的代称。 ② 儒冠：用儒者的帽子代称儒者，指有才学的读书人。误身：耽误出身，不能获得施展才学的机会。 ③ 丈人：尊称韦济。 ④ 贱子：杜甫自称，表示谦敬。具陈：一一诉说。 ⑤ 甫：用名自称，也表示谦敬。 ⑥ 充：充当。观国宾：用《易经·观卦》"观国之光，利用宾于王"语意，是有用于国家皇朝的人。这句是指自己在开元二十三年曾应进士科（已见《望岳》题解）。 ⑦ 破：超过。一说是熟读识透的意思。 ⑧ 料：估计，这里是自料的语气。扬雄：西汉大赋家。敌：匹敌，相比。 ⑨ 子建：汉末建安时代诗人曹植，字子建，曹操的第四子。亲：亲近，表示爱慕。 ⑩ 李邕（yōng 拥）：唐代著名文学家、书法家，字泰和，《文选》注者李善之子，曾为北海太守，时称"李北海"。李邕在齐州、青州都曾与杜甫相见。杜甫有《陪李北海宴历下亭》，又有《八哀诗》中哀李邕一首，述及与李邕相见之事。 ⑪ 王翰：唐代著名诗人，翰也作瀚，字子羽。卜邻：选择邻居。 ⑫ 自谓：自认为。挺出：特出。 ⑬ 立：立刻。要路津：重要道路的渡口，比喻重要官位，做大官。

致君尧舜上①，再使风俗淳②。此意竟萧条③，行歌非隐沦④。骑驴十三载⑤，旅食京华春⑥。朝扣富儿门⑦，暮随肥马尘⑧。残杯与冷炙⑨，到处潜悲辛⑩。主上顷见征⑪，欻然欲求伸⑫。青冥却垂翅⑬，蹭蹬无纵鳞⑭。甚愧丈人厚⑮，甚知丈人真。每于百寮上⑯，猥诵佳句新⑰。

---

① 尧舜：唐尧和虞舜，儒家奉为上古二位圣君。“尧舜上”是说达到唐尧、虞舜般圣明。 ② 风俗淳：社会风俗朴素厚道，古以为太平盛世的气象。 ③ 意：指上二句所说的政治抱负。萧条：冷落不景气；一作“萧索”。 ④ 行歌：边走边唱歌，是古代隐士心情舒畅的表现。隐沦：隐士的意思。这句指自己在长安被迫陪着贵要们诗酒宴游。 ⑤ 骑驴：杜甫有《示从孙济》说：“平明跨驴出，不知适谁门。”可见是事实。十三载：杜甫两次到长安，从开元二十三年算起，到此年约十三个年头。一本作“三十载”，误。 ⑥ 京华：繁华的京城，即指长安。 ⑦ 扣：敲。 ⑧ 肥马：指富贵的高头大马。 ⑨ 残杯：喝剩的酒。冷炙：吃剩的冷烤肉。 ⑩ 潜：心头藏着。 ⑪ 主上：称皇帝，指唐玄宗。顷：不久。见征：被征召。这句指唐玄宗召有一艺之长者应试之事，已见题解。 ⑫ 欻（xū 需）然：忽然。求伸：用《易经·系辞下》“尺蠖之屈，以求伸也”语，表示有出头的希望。 ⑬ 青冥：青云，喻天空。垂翅：垂下翅膀，形容大鸟不得高飞。 ⑭ 蹭蹬（cèng 层去声 dèng 邓）：遭遇挫折，失势失意。纵鳞：跃起的鱼，形容得意。以上二句即指李林甫破坏考试之事，亦见题解。 ⑮ 愧：惭愧。 ⑯ 寮：同“僚”。百僚：官僚们。 ⑰ 猥（wěi 尾）：自谦之词，等于说“不嫌我粗下”。佳句新：杜甫新作的好诗佳句。

窃效贡公喜①，难甘原宪贫②。焉能心怏怏③，只是走踆踆④。今欲东入海⑤，即将西去秦⑥。尚怜终南山⑦，回首清渭滨⑧。常拟报一饭⑨，况怀辞大臣⑩。白鸥没浩荡⑪，万里谁能驯⑫！

---

① 窃：私下里。效：效法。这里是“像”、“如”之意。贡公喜：西汉贡禹与王吉为好友，王吉在位为官，贡禹弹冠而喜。事见《汉书·王吉传》。这里自比贡禹，以韦济比王吉。因为韦济是长者，不是杜甫同辈，所以私下里这么想。 ② 甘：以为甘甜。原宪：孔子的学生。《庄子·让王》载，原宪清贫，子贡探望他，见他扶着藜杖，嘲笑地问他生了什么病，原宪回答说是贫，不是病，并严肃指出，“无财谓之贫，学道而不能行谓之病”，使子贡面有愧色。这里用来表示自己并不甘心于原宪那样有道而贫困生活。 ③ 焉能：怎能。怏怏（yàng 样）：不满意。 ④ 走：跑步。踆踆（cūn 村）：走路进进退退。 ⑤ 东入海：向东旅行海上，意思是断绝做官要求，到江海隐游。 ⑥ 去：离开。西秦：大海在东，长安京畿地区在西，所以称“西秦”。 ⑦ 怜：爱。终南山：在长安东南。 ⑧ 回首：回头顾望，表示依恋。清渭：渭水清，故称“清渭”。 ⑨ 拟：想要。报一饭：对别人请吃一顿饭的恩情，也一定要报答。这是古人礼俗观念，所谓“一饭之恩必偿”（《史记·范雎传》）、“古人一饭之报”（《后汉书·李固传》）。 ⑩ 况：何况。辞：告别。大臣：指韦济。 ⑪ “白鸥”二句：以白鸥自喻，意思是说将来隐游海上，出没浩荡大海，自由自在，无所约束。白鸥：海鸟名。没：出没，形容自在行动。万里：指大海广阔，飞行自由。 ⑫ 驯：驯服，指外在约束。

【翻译】

纨袴子弟不会饿死，
读书人倒大多误了前程。
丈人您试静听，
请容许我这卑贱的人把事情说清。
从前我杜甫还是青年的时候，
早就充当了有用的观国之宾。
读书超过一万卷，
拿起笔写文章好似通神。
辞赋估计可以比美扬雄，
诗歌看来与曹植接近。
李邕要求见面，
王翰愿意结邻。
那时候我自以为才学相当杰出，
很快会做大官登上要路之津。
要使皇帝像尧舜，
要重新使风俗厚淳。
不料我的理想竟遭受冷落，
虽没有隐逸却只能漫步歌吟。
骑了十三年的毛驴，
旅居寄食在繁华如春的京城。
早晨去敲开富儿的大门，

傍晚追随肥马的后尘。
喝一杯剩酒，吃一块冷肉，
到处使我深藏悲哀酸辛。
皇上不久下诏书征召，
忽地里我想到壮志能伸。
可仍像大鸟在天空垂下了翅膀，
失势的鱼没能跳过龙门。
十分愧对您老对我的重视。
十分理解您老对我的真诚。
您常常在僚属们的集会上，
屈尊吟诵拙句说又好又新。
我私下怀着贡禹为王吉在位般的欣喜，
实在不能甘心于原宪似的清贫。
我怎能内心怏怏不平，
只是来回奔走而停滞不进？
如今我想往东直到大海，
就将要离开西秦。
还爱怜着终南山，
还回头眺望渭水之滨。
常想报答那一饭之恩，
更何况情意满怀来告别大臣。
将像白鸥那样出没在浩荡大海，
翱翔万里有谁能把我约束制驯！

兵车行

天宝十一载(752)四月,剑南节度使鲜于仲通讨伐南诏,在泸南大败,“仲通仅以身免”。宰相杨国忠掩盖败绩,矫诏“大募两京及河南、河北兵以击南诏。人闻云南多瘴疠,未战,士卒死者十八九,莫肯应募”。杨国忠强令“分道捕人,连枷送诣军所”。兵力不足,连享有免兵役的功勋之家一概征募,并且“先取高勋”。以致“行者愁怨,父母妻子送之,所在哭声振野”(《资治通鉴·唐纪》三十二)。当时,杜甫在长安目睹送别的悲惨情景,写下这首即事名篇的新题乐府。《兵车行》是杜甫自己制定的拟乐府题目。也有人认为这首《兵车行》是针对天宝九载(750)征伐吐蕃之战而写，当然也可备一说。

车辚辚①，马萧萧②，行人弓箭各在腰③。爷娘妻子走相送④，尘埃不见咸阳桥⑤。牵衣顿足拦道哭⑥，哭声直上干云霄⑦。道旁过者问行人⑧，行人但云点行频⑨。或从十五北防河⑩，便至四十西营田⑪。去时里正与裹

---

① 辚辚(lín 林)：车轮滚动声。② 萧萧：马嘶鸣声。③ 行人：被募出征的士兵。弓箭各在腰：形容士兵戎装齐备，准备出发。④ 走：奔走。⑤ 咸阳桥：汉武帝时称中渭桥，唐代称西渭桥，与咸阳城便门相对，唐人又称便桥、咸阳桥，在今陕西咸阳的西南。尘埃不见：形容送行的人之多且乱。⑥ 牵衣：扯住征人的战衣。顿足：跺脚。拦道：挡住道路。⑦ 干：冲。⑧ 道旁过者：路边过客，旁观者，有人认为即杜甫自言。⑨ 但云：只是说。点行：汉代称为"更行"，按照户籍名册点派壮丁服役。频：次数繁多。从"点行频"起，概括一位士兵的答话，从下文可知这位士兵是一位从青年服役到白头的老兵。⑩ 或：有的士兵。十五：唐制，二十一岁为壮丁，十五岁尚未成丁，可见徭役繁重。北防河：指在河西地区防备吐蕃。⑪ 便至四十：连上句"从十五"，意思是从十五岁起，就一直服役到四十岁。营田：汉代赵充国创立营田制度，士兵服役，有事则战，无事则耕。唐代边疆军府，也垦荒营田，有战争则招民夫助役耕种。西营田：与上句"北防河"为互文，意思是有的士兵多年来一直在西北地区各地连续服役，从未归家。

头①，归来头白还戍边②。边庭流血成海水③，武皇开边意未已④。君不闻，汉家山东二百州⑤，千村万落生荆杞⑥。纵有健妇把锄犁⑦，禾生陇亩无东西⑧。况复秦兵耐苦战⑨，被驱不异犬与鸡⑩。长者虽有问⑪，役夫敢伸恨⑫！且如今年冬，未休关西卒⑬。县官急索租，租税从

---

① “去时”二句：是答话士兵自己的经历。去时：离开家乡时。里正：古代一百户为一里，设里正一人，掌管一里人民户口、生产、民事及赋税。裹头：用布头巾裹住头发。因为年龄小，尚未成人，没有束发，所以里正替他裹头。 ② 归来头白：是说自己服役到老，刚回家乡。戍边：守卫边境。还戍边：是说这次募兵还要他去征伐南诏。 ③ 边庭：边疆。成海水：形容流血牺牲极多。有学者认为这句指天宝八载(749)“哥舒翰以兵六万三千攻吐蕃石堡城”之役，不惜牺牲士兵强攻，伤亡极大。 ④ 武皇：指汉武帝，喻唐玄宗。开边：开拓边疆。意未已：意愿尚未终止。 ⑤ 汉家：以汉喻唐。山东：华山以东，中原地区。二百州：唐代“关以东七道，凡二百一十七州”(《十道四蕃志》)，这里举其大数。 ⑥ 落：村落。荆杞：荆棘、枸杞，泛指野草杂树。 ⑦ 纵：即使。 ⑧ 陇亩：耕地，等于说“田亩”。无东西：是说妇女不善耕种，田里庄稼不成行，乱七八糟。 ⑨ 况复：更何况。秦兵：指关中地区的壮丁。耐苦战：能够坚持艰苦战斗。关中地区是古秦国之地，土著人民传统“勇于攻战”。 ⑩ 驱：驱使。 ⑪ 长者：尊称“道旁过者”。 ⑫ 役夫：士兵自称。敢：岂敢。伸恨：倾诉怨恨。 ⑬ 休：停止。关西：指函谷关以西地区。关西卒：有学者认为这是指天宝九载(750)关西游奕使王难得攻击吐蕃之役。

何出[1]？信知生男恶[2]，反是生女好：生女犹得嫁比邻[3]，生男埋没随百草[4]。君不见，青海头[5]，古来白骨无人收。新鬼烦冤旧鬼哭[6]，天阴雨湿声啾啾[7]！

【翻译】

兵车辚辚，战马萧萧，
出征的士兵都把弓箭系带在腰。
父母妻子儿女奔走送行，
尘土弥漫，遮蔽了咸阳桥。
扯住战衣跺着脚拦路痛哭，
哭声一直冲上了九天云霄。
路边有位过客询问士兵，
士兵只是说点名征行太繁频。
有的从十五岁到北边防守河西，
到了四十岁还在西边垦种军屯。
离家时里正替我裹头，

---

① “县官”二句：意思是说，自己出征在外，县官向家里催逼租税，家里根本拿不出钱粮交纳租税。 ② 信知：意思是说从前不相信生男孩不好，现在的确知道了。 ③ 比邻：近邻。 ④ 埋没随百草：是说男孩生来只能送死，埋没荒草。 ⑤ 青海：湖名，原属吐谷浑，唐初为吐蕃占据，在今青海西宁西。 ⑥ 烦冤：烦恼叫冤。 ⑦ 啾啾（jiū 究）：凄厉的叫声。

回家来头发都白了还要戍边。
边庭流的血像流成海水，
武皇开边之心还未止歇。
您没有听说过汉家山东二百州，
千万个村落都长满了荆棘和枸杞。
即使有的健壮妇女下地锄草犁田，
那田里庄稼也长得不分东西。
更何况秦地士兵能够苦战，
驱使起来不异狗跟鸡。
您长者虽然有心询问，
服役的人哪敢申诉怨恨！
就拿今年这个冬天来说，
还不让关西战士休息。
县官急着催索租赋，
请问租赋从何而出？
如今我确实懂得生男孩倒运，
反而生女儿运好。
生女儿还能够嫁给邻居，
生男孩只能随荒草埋掉。
您没有看见吗，在青海湖边，
从古以来战士尸骨无人敛收，
新鬼烦恼叫冤旧鬼哭泣，
天阴下雨，啾啾之声不绝！

丽人行

天宝后期，杨国忠及杨贵妃三个姐姐韩国夫人、虢国夫人、秦国夫人备受宠用，显赫富贵，十一载(752)三月三日，杨家兄妹在长安城南曲江祓禊游宴。杜甫写了这首拟乐府的《丽人行》进行揭露讽刺。丽人就是美人，指杨氏三姐妹而言。

三月三日天气新①，长安水边多丽人②。态浓意远

① 三月三日：古代为上巳日，是一个保存古礼俗的节日，百官吏民都在这一天到东流的水边"祓禊"，认为可以洗涤污浊，消除疾病灾害，获得"大洁"(见《后汉书·礼仪志》)。唐代长安每逢此日，士女都到城东南角的曲江祓禊，游人如云。新：形容天气清新晴朗。 ② 长安水边：即指曲江边。

淑且真①，肌理细腻骨肉匀②。绣罗衣裳照暮春③，蹙金孔雀银麒麟④。头上何所有？翠为匐叶垂鬓脣⑤。背后何所见？珠压腰衱稳称身⑥。就中云幕椒房亲⑦，赐名大国虢与秦⑧。紫驼之峰出翠釜⑨，水精之盘行素鳞⑩。犀箸厌饫久未下⑪，銮刀缕切空纷纶⑫。黄门飞鞚不动

---

① 态浓：姿态浓艳，显出梳妆服饰华贵。意远：情意高雅，反衬神色矫柔造作。淑：贤惠。真：纯洁；一作"贞"。 ② 肌理：皮肤纹理。骨肉匀：身段匀称，肥瘦恰当。 ③ 照：映照。暮春：三月暮春是繁花盛开时节。 ④ 蹙（cù 促）金：用金线嵌绣。银：用银线嵌绣。孔雀、麒麟：都是绣罗衣裳上的图纹。 ⑤ 翠：翡翠。匐（hé 合）叶：妇女头饰花彩。垂鬓脣（chún 纯）：垂到鬓角旁边。 ⑥ 衱（jié 劫）：裙带；一说是衣裳后襟。腰衱：裙带束腰，前垂一宽带，后飘二窄带，缀以珠玉。稳称身：衣服剪裁贴身。 ⑦ 就中：其中，指丽人之中。云幕：汉成帝在甘泉宫紫殿设置云幄、云帐、云幕，世称三云殿（见《西京杂记》）。后世以为后宫典故。这里借喻后宫。椒房：汉代未央宫有椒房殿，用椒和泥涂壁，取其芳香温暖，是皇后居处。这里借喻杨贵妃。云幕椒房亲：是说皇后亲戚，指杨氏三姊。 ⑧ 赐名：皇帝封号。虢（guó 国）：杨贵妃三姐封虢国夫人。秦：八姐封秦国夫人。此外，大姐封韩国夫人。 ⑨ 紫驼：骆驼中以紫骆驼最名贵。峰：驼峰，是珍贵食品，唐代名菜有"驼峰炙"。紫驼之峰：即指用紫驼峰烹饪的名贵佳肴。出翠釜：用翡翠锅盛放捧出。 ⑩ 水精：即水晶。行：传送。素鳞：指清蒸的鱼。 ⑪ 犀箸：犀牛角制作的筷子。厌饫（yù 预）：饱食而厌食，吃腻了。久未下：好久不下筷子。 ⑫ 銮刀：有铃的小菜刀。缕切：细切。空纷纶：等于说"白忙一阵"。

尘①，御厨络绎送八珍②。箫管哀吟感鬼神③，宾从杂遝实要津④。后来鞍马何逡巡⑤，当轩下马入锦茵⑥。杨花雪落覆白蘋⑦，青鸟飞去衔红巾⑧。炙手可热势绝

① 黄门：东汉宫廷内务官署，官员由宦官充任，后因称宦官为贡门，后来又通称为“太监”。这里指送菜的太监。鞚（kōng 空）：马笼头。飞鞚：指飞快的马。不动尘：形容马术高超，飞驰而不扬起尘土，稳当利落，完成送菜任务。 ② 络绎：接连不断。八珍：八种最珍贵的佳肴，据载为龙肝、凤髓、豹胎、鲤尾、鸮炙、猩唇、熊掌、酥酪蝉。 ③ 箫管：概指伴奏音乐。哀吟：感人的歌唱。 ④ 宾从：宾客和随从人员。杂遝（tà 榻）：同“杂沓”，杂乱。实：填实。要津：要道渡口，喻高位大官。⑤ 后来鞍马：最后骑马来的，指杨国忠。逡（qūn 群阴平）巡：形容骑马徐行，气派十足，与众不同。 ⑥ 锦茵：锦绣的地毯，喻丽人宴游所在。 ⑦ 杨花雪落：曲江边多杨柳，暮春三月，杨花纷飞，好像白雪飘落。覆白蘋：覆盖在曲江水上的白蘋。史载，杨国忠与虢国夫人关系暧昧，传有淫乱。所以学者认为这句用比兴暗寓讽刺。一说，古以为杨花和白蘋是同源异化为二物，“杨花入水化为萍”（《广雅》），“蘋”为大萍，杜甫借以讽刺他们原是一路货色，根本就乱。另一说，认为此用北魏胡太后私通杨白花之事，杨畏罪逃亡梁朝，改名白华，胡太后作《杨白华歌》抒发思恋，有“秋去春还双燕子，原衔杨花入窠里”之句。这里借“杨花”双关，暗讽刺淫乱。 ⑧ 青鸟：古代神话中侍候西王母的神女，后来传说她曾为西王母给汉武帝传过书信，因而常被用作传递消息的信使。红巾：妇女头巾。这句也似实写当时鸟衔妇女头巾的情景，而有双关用典的寓意，暗示杨氏兄妹私通的关系。

伦①，慎莫近前丞相嗔②！

【翻译】

三月三日天气晴朗清新，
长安水边这么多美人。
姿态浓艳情意深远贤淑又纯真，
皮肤光滑纹理细腻身段更匀称。
绣罗衣裳映照在暮春，
金线绣孔雀银线织麒麟。
头上有什么？
翡翠花叶垂在鬓。
背后见什么？
珠缀裙带恰合身。
其中有云幕椒房的至亲，
赏赐封号大国虢和秦。
翡翠锅端出紫驼峰，
水晶盘传送鱼清蒸。
吃腻了不想拿起犀角筷，

① 炙手可热：等于说“热得烫手”。势绝伦：权势很大，无与伦比。 ② 丞相：点出杨国忠。嗔（chēn 琛）：发怒，生气；一作瞋（chēn 琛），怒目而视。

鸾刀细切也只是白忙一阵。
宦者飞马不扬尘，
御厨接连送八珍。
箫鼓在哀吟，感动了鬼神，
宾客随从乱哄哄地堵塞了要津。
最后来的骑马徐行，
当轩下马直入锦茵。
杨花像雪那样覆盖白蘋，
青鸟飞去叼着红巾。
炙手可热权势绝伦，
小心别上前丞相火气大得很！

前　出　塞(九首选三)

《出塞》是汉乐府旧题。杜甫拟《出塞》旧题所作诗歌有两组,所以加“前”、“后”以志区别。《前出塞》共九首,约作于天宝十一载(752),与《兵车行》写作时间相近。玄宗时,唐王朝在今青海、新疆一带与吐蕃争战,大量征发关中壮丁远戍西北,给人民带来很大痛苦。这一组诗通过一个士兵的口吻,多方面表达对这类战争的认识和态度。也有学者认为它是开元末的作品,追讽开元间用兵吐蕃;还有人认为它作于唐肃宗上元年间(760—761),在秦州追讽天宝时事。

其　一

这诗原列第一，写新兵被征启程，与家乡亲人告别时悲痛激愤之情。

戚戚去故里①，悠悠赴交河②。
公家有程期③，亡命婴祸罗④。
君已富土境⑤，开边一何多。
弃绝父母恩，吞声行负戈⑥。

【翻译】

悲痛地离别了乡里，
遥远地开拔到交河。
公家差役规定路程期限，
开小差犯法闯祸进网罗。
君王已有了够广大的疆土，

① 戚戚：悲伤痛切。故里：家乡。 ② 悠悠：遥远。交河：唐代县名，治所在今新疆吐鲁番西北约五公里，有交河城故址。 ③ 程期：路程期限。 ④ 亡命：逃亡。婴：触犯。祸罗：闯祸陷入法网。 ⑤ 君：君主，指唐玄宗。土境：领土疆域。 ⑥ 吞声：暗自悲泣，不敢出声。行负戈：背起兵器上路。

为何还要开拓边境这么多！
只得割弃父母的恩情，
忍泪吞声从军背上刀戈。

其　三

这诗原列第三，士兵离家日久，痛别思乡之心不绝，无奈之中，以壮志功名自解，反而更引起愤慨。

磨刀呜咽水①，水赤刃伤手。
欲轻肠断声，心绪乱已久。
丈夫誓许国，愤惋复何有②？
功名图麒麟③，战骨当速朽④！

---

① 呜咽水：用北朝民歌《陇头歌辞》“陇头流水，鸣声呜咽。遥望秦川，肝肠断绝”语意，形容水声如泣，思乡肠断。 ②“丈夫”二句：意思是说，男子汉发誓以身许国，不会有什么愤慨和惋惜。用反问语气表示自己心里有愤慨和惋惜。 ③“功名”句：汉宣帝在未央宫麒麟阁上绘画霍去病等武将文臣的肖像，以褒扬他们在对外战争及外交上的功勋（见《汉书·苏武传》）。这里用来表示将帅们在战争中建立功名，永垂不朽。④“战骨”句：连上句是说，为了将帅们永垂不朽，战士就该牺牲，尸骨赶快腐朽。这是愤惋的反语。按，末二句也有学者作正面理解，认为战士自抒胸怀，只要能建立功名，则战死疆场，尸骨速朽都在所不惜，何况只是割破手指。

【翻译】

在呜咽的水流旁把战刀砥磨，
水染红了是因为刀割破了手。
要想让断肠的悲声轻些轻些，
心绪却撩乱已有好久好久。
大丈夫发誓以身许国，
愤惋之情哪里还会再有？
要建立功名画像在麒麟阁上，
战士的尸骨就该让它赶快腐朽！

其　六

这诗原列第六，认为战争应当为了保卫国家，抵制侵略；作战应当为了制止敌人，不求多事杀伤。

挽弓当挽强①，用箭当用长②。
射人先射马，擒贼先擒王。
杀人亦有限③，立国自有疆④。
苟能制侵陵⑤，岂在多杀伤。

---

① 挽弓：张弓。强：强弓。 ② 长：长箭。 ③ 限：限制，受保卫国家、制止侵略的目的限制。有限：一作“无限”。 ④ 自有疆：各自有国家的疆界。 ⑤ 苟：如果。侵陵：侵略。

【翻译】

挽的弓要硬，
用的箭要长。
射人要先射他骑的马，
擒贼要先擒他的王。
杀人也有限度，
立国各有边疆。
只要能够制止侵略，
岂在于多事杀伤！

自京赴奉先县咏怀五百字

天宝十三载(754),关中秋雨六十多天,庄稼遭灾,长安也极缺粮食。杜甫生活十分困难,曾向唐玄宗献《封西岳赋》诉穷,并四出求助,仍然没有得到一官半职,只得把家小安置在奉先即今陕西蒲城,离长安二百四十里,然后只身返长安谋官。次年十月,他被任为河西县尉,不就而改任右卫率府胄曹参军,在十一月间去奉先探亲,回家看到小儿子已饿死。诗人从自己的不幸想到人民的苦难,于是把一路上的经历和感受,写成这首杰出的长诗。

杜陵有布衣①，老大意转拙②。许身一何愚③，窃比稷与契④。居然成濩落⑤，白首甘契阔⑥。盖棺事则已⑦，此志常觊豁⑧。穷年忧黎元⑨，叹息肠内热⑩。取笑同学翁⑪，浩歌弥激烈⑫。非无江海志⑬，萧洒送日月⑭。生逢尧舜君⑮，不忍便永诀⑯。当今廊庙具⑰，构

---

① 杜陵：汉宣帝的陵墓，后来置县，治所在长安东南，即今陕西西安东南。杜甫在长安时，曾置家杜陵。布衣：平民。古礼，平民到老耄才穿丝绸衣服，一般只穿麻布衣服，故称。这里是杜甫自称。 ② 意转拙：思想反而变得笨拙。 ③ 许身：自己立下志愿。 ④ 窃：谦词，私自。稷（jì 季）：后稷，周代祖先，传说他首先带领百姓从事耕种。契：殷商祖先，传说他大力推行伦理教育。他们两人传说都是尧的大臣，为儒家尊奉的贤臣典范。这句意思是说自己的志愿是做个辅助圣君的贤臣。 ⑤ 居然：显然，表示道理明白，事情明显。濩（huò 豁）落：大而无当。 ⑥ 契阔：用《诗经·邶风·击鼓》"死生契阔"语意，表示一辈子辛勤劳苦。 ⑦ 盖棺：死后入棺，喻身死。已：结束。 ⑧ 此志：指做贤臣的大志。觊（jì 季）豁：希望侥幸实现。 ⑨ 穷年：一年到头。黎元：人民百姓。 ⑩ 肠内热：心情激动，热血沸腾。 ⑪ 取笑：被讥笑。翁：等于说"老先生"，尊敬中带着反讥。 ⑫ 浩歌：浩然高歌。弥：愈益，越发。 ⑬ 江海志：放游江海的志向，即指隐士的理想。 ⑭ 萧洒：同"潇洒"，落落大方，自由自在。 ⑮ 生：一生，这辈子。尧舜君：像唐尧、虞舜一样的圣君，指唐玄宗。 ⑯ 永诀：永远分别，意思是放弃仕途，永不做官。 ⑰ 廊庙：有走廊的高大庙堂，喻国家、朝廷。廊庙具：构造廊庙的材料，喻治理国家的人才。

厦岂云缺[①]？葵藿倾太阳[②]，物性固莫夺[③]。顾惟蝼蚁辈[④]，但自求其穴。胡为慕大鲸[⑤]，辄拟偃溟渤[⑥]？以兹悟生理[⑦]，独耻事干谒[⑧]。兀兀遂至今[⑨]，忍为尘埃没[⑩]。终愧巢与由[⑪]，未能易其节[⑫]，沉饮聊自遣[⑬]，放歌破愁

---

① 厦：高楼大厦，喻国家、朝廷。 ② 葵藿：葵花和豆叶，这里是偏义复词，即指葵花，俗称向日葵，花向着太阳。 ③ 物性：指向日葵的本性。夺：强行改变。 ④ 顾惟：回头一想，表示从另一角度考虑。蝼蚁辈：蝼蛄、蚂蚁之类，喻轻微细小的人物，胸无大志，这里是自指。 ⑤ 胡为：为何。大鲸：喻庞然大物。 ⑥ 辄：动辄，时时。偃：形容游动自如。溟渤：大海的别称。偃溟渤：游大海，比喻志大作为大。 ⑦ 以兹：因此，指上四句所说。悟：领悟；一作“误”。生理：人生道理，即是说人生贵贱不同，应随遇而安，各守本分。 ⑧ 独：唯独，偏偏。耻：以为羞耻。干谒：干禄谒见，为了谋求官职，拜见显贵，博取赏识，请求援引。这是唐代盛行的谋官途径。杜甫自己也不免这样，但内心很嫌恶。 ⑨ 兀兀（wù 误）：光秃秃，一无所有，指谋不到好官职。 ⑩ 忍：忍受。尘埃没：比喻极其轻微，沉沦埋没。 ⑪ 终：终究，结果。巢与由：巢父和许由都是传说中上古尧时著名隐士，一对知友。尧知道许由贤能，要让位给他。许由逃到山上告诉巢父，巢父责备他隐得不彻底，竟让人认识他，发现他，就与他绝交，推他出门（见《高士传》）。 ⑫ 易其节：使自己改变，执行巢父、许由的志节，即弃仕就隐。 ⑬ 沉饮：等于说“泡在酒里”。聊：姑且。自遣：遣散自己的愁闷。遣，一作“适”。

绝①。岁暮百草零②，疾风高冈裂③。天衢阴峥嵘④，客子中夜发⑤。霜严衣带断，指直不得结。凌晨过骊山⑥，御榻在嵽嵲⑦。蚩尤塞寒空⑧，蹴踏崖谷滑⑨。瑶池气郁律⑩，羽林相摩戛⑪。君臣留欢娱，乐动殷樛葛⑫。赐浴皆长缨⑬，与宴非短褐⑭。彤庭所分帛⑮，本自寒女出。

---

① 放歌：放声歌唱。破愁绝：消除并断绝愁闷。破，一作"颇"。 ② 零：凋落。 ③ 疾风：强劲的风。 ④ 衢（qú 瞿）：四通八达的大路。天衢：天街，指京城长安的朱雀街；一说用《易经·大畜》"何天之衢亨"语，指天空。峥嵘：高耸，这里形容长安城里宫殿华屋。 ⑤ 客子：杜甫自称，表示宦居长安。中夜：半夜。 ⑥ 凌晨：破晓时分，天色微明。骊山：离唐长安城六十里，在今陕西临潼东南。 ⑦ 御榻：皇帝的坐床。这里指唐玄宗当时在骊山的华清宫。骊山有温泉，唐玄宗在开元十一年（723）置温汤宫，天宝六年（746）改为华清宫。每年十月，他偕杨贵妃上华清宫过冬。嵽嵲（dié niè 蝶聂）：形容山高，指骊山。 ⑧ 蚩尤：神话传说中人物，能作雾，这里是雾的代称。 ⑨ 蹴踏：形容走路小心落脚。 ⑩ 瑶池：神话传说中西王母的住所，此指华清宫温泉。郁律：形容热气腾腾。 ⑪ 羽林：羽林军，唐代宫廷的禁军之一。摩戛（jiá 夹）：摩擦碰撞，形容卫士很多，互相拥挤。 ⑫ 乐动：演奏音乐。殷：乐声很盛。樛葛：同"胶葛"，深远空旷，形容乐声从深宫传出来。 ⑬ 赐浴：皇帝恩赐在华清宫洗温泉浴。长缨：长帽带。《韩非子·外储说上》载，邹国诸侯爱用长缨，左右贵臣都用长缨。这里用指皇帝亲近的贵臣。 ⑭ 与宴：参加皇帝宴会。短褐：平民，穿麻布短衣。 ⑮ 彤（tóng 同）庭：红色庭堂，指宫廷。帛：绢帛。

鞭挞其夫家，聚敛贡城阙①。圣人筐篚恩②，实欲邦国活③。臣如忽至理④，君岂弃此物⑤？多士盈朝廷⑥，仁者宜战栗⑦。况闻内金盘⑧，尽在卫霍室⑨。中堂有神仙⑩，烟雾蒙玉质⑪。暖客貂鼠裘⑫，悲管逐清瑟⑬。劝

---

① 聚敛：搜括集中。贡：献。城阙：指京城长安。 ② 圣人：唐代多称皇帝为圣人。筐篚恩：皇帝对臣下的赏赐。语出《诗经·小雅·鹿鸣》小序，君主宴请群臣，饮食之后，“又实币帛筐篚以将其厚意”。筐篚：都是筐子一类竹制盛器。 ③ 活：繁荣昌盛。 ④ 忽：忽视。至理：最重要的道理。 ⑤ 岂：岂非。此物：指赏赐。 ⑥ 多士：朝廷大臣们。 ⑦ 仁者：即指“多士”，意思是说如果大臣们是仁者。战栗：用《淮南子·人间训》载尧告诫大臣的话：“战战栗栗，日慎一日。”意思是大臣职责治理国家，必须十分小心谨慎，生怕万一失误。 ⑧ 况：何况。内金盘：指皇宫所藏贵重器皿。 ⑨ 卫：卫青，本姓郑，从生母姓卫，汉武帝卫皇后的同母弟。霍：霍去病，卫青的外甥。他们都是汉武帝时有战功的外戚权贵，这里用来比喻杨贵妃的兄姊杨国忠、韩国夫人等外戚权贵。 ⑩ 中堂：宅中大厅。神仙：比喻美丽的乐伎。 ⑪ 烟雾：形容乐伎的轻丝舞衣。蒙：披。玉质：形容舞女肌肤晶莹。 ⑫ 貂鼠裘：貂鼠皮衣服，是珍贵毛皮衣服。 ⑬ 悲管：动人的管乐，如箫、笛等。逐：随。清瑟：高雅的弦乐，如琴、瑟等。用“瑟”字是韵脚需要。

客驼蹄羹①,霜橙压香橘②。朱门酒肉臭③,路有冻死骨。荣枯咫尺异④,惆怅难再述。北辕就泾渭⑤,官渡又改辙⑥。群水从西下⑦,极目高崒兀⑧。疑是崆峒来⑨,恐触天柱折⑩。河梁幸未坼⑪,枝撑声窸窣⑫。行李相攀援⑬,川广不可越⑭。老妻寄异县⑮,十口隔风雪⑯。谁能久不顾?庶往共饥渴⑰。入门闻号咷⑱,幼子饿已卒。

---

① 劝客:向客人进食。驼蹄羹:用骆驼蹄子烹调的羹汤,价值千金,亦名七宝羹。 ② 霜橙(chéng 成):香橙,橙树的果子,柑类。压:堆在一盘。橙、橘产南方,在古代北方是名贵食品。 ③ 朱门:喻豪贵之家。臭:腐臭。一说,读 xiù,气味,"酒肉臭"是酒肉香味的意思。 ④ 荣枯:草木繁荣和枯萎,喻世人荣华和衰微。咫尺:喻门内与门外之隔。 ⑤ 北辕:车向北走。泾渭:泾水和渭水。 ⑥ 官渡:官府设的渡口。改辙:改道,指渡口改了地点。 ⑦ 群水:指泾、渭等河流;水,一作"冰"。 ⑧ 崒兀(zú wū 卒乌):险恶。 ⑨ 崆峒:山名,在唐陇右道岷州,今甘肃岷县西。 ⑩ 天柱:古代神话以为撑天的柱子。以上二句,或说用典故:古代神话传说共工氏与天帝争,怒触不周山,"天柱折,地维绝"(《列子·汤问》)。这里用来暗示国家将被颠覆。 ⑪ 河梁:河上的桥。坼(chè 彻):裂开。 ⑫ 枝撑:桥身支架。窸窣(xī sū 悉苏):桥架动摇声。 ⑬ 行李:同行旅伴。 ⑭ 不可越:害怕桥塌,过不了河。 ⑮ 寄异县:即指家小安置在奉先县。 ⑯ 十口:指家小人口。隔风雪:时值冬天,相隔两地,所以说被风雪隔开。 ⑰ 庶:庶几乎,有希望能实现的意思。 ⑱ 入门:走进家门。号咷:大喊大哭。

吾宁舍一哀①，里巷亦呜咽②。所愧为人父③，无食致夭折④。岂知秋禾登⑤，贫窭有仓卒⑥。生常免租税⑦，名不隶征伐⑧。抚迹犹酸辛⑨，平人固骚屑⑩。默思失业徒⑪，因念远戍卒⑫。忧端齐终南⑬，澒洞不可掇⑭。

【翻译】

杜陵县里有个布衣，

---

① 宁：怎能。舍：放弃。一哀：古代士大夫丧礼，丧主家守灵堂，亲友来奠祭，守灵者先哭一场，然后行礼，表示悲痛之至，见人便哭，谓之“一哀”。但按古代礼制“父不祭子”（《礼记·曲礼》），则杜甫不能为儿子去世举行祭礼痛哭。所以这句意思是说，论礼不能为儿子行一哀礼，但是悲痛不能自禁，不能不见人便伤心落泪，抛弃不了实际的一哀礼。 ② 里巷：指邻居。 ③ 人：他，指幼子。 ④ 夭折：年幼早死，不合一般正常寿命。 ⑤ 秋禾：秋天庄稼成熟；一作“秋未”。登：收成。 ⑥ 贫窭（jù 具）：贫穷无财备礼，指幼儿丧事办不起。仓卒：匆促，指幼儿突然死去。 ⑦ 生：平生，指自己一生。免租税：唐制，有官爵者免租税。杜甫父祖都为官，有免税特权。 ⑧ 隶征伐：属于服役当兵作战之列。唐制，有勋者免征役。杜甫时任右卫率府胄曹参军，属于官列，免服兵役。 ⑨ 抚迹：抚想上述遭遇。 ⑩ 平人：平民百姓，没有免租免役特权。固：本来，自然。骚屑：骚动不安。 ⑪ 失业徒：丧失家产的人们。 ⑫ 远戍卒：远方驻守边疆的士兵。 ⑬ 忧端：愁绪。齐终南：与终南山一样高。 ⑭ 澒（hòng 讧）洞：渺漫无际。掇：收拾。

年纪老大头脑变得笨拙。
立下志愿是多么的傻，
私自攀比上古的稷、契。
显然成了空说大话，
头发白了也甘心把苦吃。
棺木盖起事情才算了结，
否则这个志愿总希望能变成现实。
整年为老百姓担忧，
叹着气心中发热。
同学们对他取笑，
他浩然高歌情绪更为激烈。
不是不想放浪江海，
让日子过得称心自得。
只是这辈子幸逢尧、舜之君，
不忍心这样便永远诀别。
当今朝廷上人才济济，
怎能说建造大厦人才奇缺？
只是向日葵永远倾心太阳，
这种本性很难移夺迁革。
想一想那蛄蝼蚂蚁，
只寻求自己的洞穴。
为什么要羡慕那大鲸鱼，

常常想往大海有如溟渤？
因此领悟了人生道理，
偏耻于向权贵拜谒。
一无所有直到如今，
忍受像尘埃那样被埋没。
终究愧对巢父和许由，
还不能改变志节。
饮酒沉醉姑且散心，
放声歌唱来消除愁闷郁结。

岁月进入寒冬百草凋零，
大风刮得高冈崩裂。
长安天街上黑暗阴沉，
客居的游子在半夜里出发。
寒霜浓重衣带都冻断，
手指冻僵断带不能连结。
在破晓时分经过骊山，
皇上就在这高山宫里息歇。
大雾充塞着寒天，
步步踩稳崖谷太滑。
像瑶池的温汤热气腾腾，
羽林军士排列着互相摩戛。

皇上和大臣一起欢娱作乐，
音乐响动在深宫舞榭。
恩赐沐浴的都是亲近贵官，
参加宴会的绝无布衣短褐。
宫廷上分赏给臣下的绢帛，
本来都是贫寒的妇女织出。
官吏们鞭挞她们的夫家，
搜刮来一起贡献京城宫阙。
圣明天子赏赐大臣的恩情，
实是为了使得昌盛邦国。
臣下如果忘掉这个道理，
君主岂非白丢了这些财物？
这么多士大夫充斥朝廷，
倘使是仁者应该小心战慄。
何况听说宫廷里的金盘器物，
都送到卫、霍之室。
大厅里有神仙般的舞女歌伎，
像烟雾般的轻绡披罩白玉般的身体。
暖宾客用貂鼠皮裘，
动人的管乐伴随高雅的琴瑟。
请宾客吃驼蹄羹羹，
还有霜薄鲜橙加上香甜红橘。

豪贵人家的酒肉多得发臭，
路边就有冻死的骸骨。
咫尺之间荣华和贫困之别，
满怀惆怅难再叙述。

我乘车向北来到泾水渭水，
官设的渡口又改了道辙。
一条条河水从西边流下来，
极目远望既高且崒兀。
怀疑它从崆峒山冲来，
担心碰撞使天柱断折。
河上的桥梁幸好还没有裂，
桥身支架声响窸窣。
同行的旅伴互相牵拉帮助，
埋怨河太宽怕不易渡越。
我的老妻寄住在外县，
老小十口人隔着风雪。
谁能够长久不看望？
总希望到家里去同饥共渴。
走进家门就听到哭声号咷，
小儿子饥饿已卒。
我不顾礼节放声哀哭，

里巷邻居也都为此呜咽。
作为他的父亲我心中有愧，
没有饭吃竟使他夭折。
哪知道秋粮收成时节，
家里贫穷又突生变故。
这辈子我算常被免征租税，
姓名也不入册不用被调征伐。
想到这些还觉得辛酸，
老百姓当然更加骚动。
我默想破产失业的人们，
还念着边远的戍卒。
忧愁堆积得可比终南山高，
无穷无尽使我无从收拾。

后　出　塞（五首选三）

《前出塞》是讲与吐蕃争战，《后出塞》是讲和奚、契丹抗衡。写一个战士应募到幽州节度使处戍边抵御奚、契丹。安禄山叛变攻取洛阳后，他从队伍中脱逃回到家乡。全诗共五首，应是天宝十四年（755）安禄山叛乱后所写，这里选译前三首。

其　一

此诗原列第一。诗中写士兵怀着建功立业的壮志应募入伍，亲友送别，以壮远行。

男儿生世间，及壮当封侯①。
战伐有功业，焉能守旧丘②？
召募赴蓟门③，军动不可留④。
千金装马鞭⑤，百金装刀头。
闾里送我行⑥，亲戚拥道周⑦。
斑白居上列，酒酣进庶羞⑧。
少年别有赠⑨，含笑看吴钩⑩。

【翻译】

男子汉活在世上，
趁壮年该谋个封侯。
打仗杀伐建立功业，

① 封侯：建功立业，封赐侯爵。 ② 焉能：怎能。旧丘：故乡。 ③ 召募：唐玄宗时召募壮丁去长住边军，以充实节度使兵力。蓟门：安禄山任幽州节度使，治所在蓟门，今北京。 ④ 军动：队伍出发。 ⑤ “千金”二句：仿北朝民歌《木兰诗》“东市买骏马，西市买鞍鞯”的句法，显出建功立业的豪气。千金、百金：都是形容高价置备戎装。刀头：刀把。 ⑥ 闾里：街坊邻居。 ⑦ 道周：路边。 ⑧ “斑白”二句：写送别饯饮情景。斑白：头发花白，称长老辈。庶羞：佳美菜肴。 ⑨ 少年：指同辈好友。 ⑩ 吴钩：相传吴王阖闾以百金求铸金钩，有人贪图赏金，杀死儿子，血铸宝钩（见《吴越春秋》）。后因称宝刀为“吴钩”。钩，一种弯形的刀。

哪能老守住家乡故丘。
召募前往蓟门，
队伍行动不能停留。
用千金来装饰马鞭，
用百金装饰刀头。
街坊给我送行，
亲戚围在路四周。
头发花白的在最上列，
乘酒兴劝我把佳肴吃够。
青年伙伴另外送了礼，
含笑看着宝刀吴钩。

其　二

此诗原列第二。诗中写士兵在行军宿营生活中，深感军容肃穆，军令森严。

朝进东门营①，暮上河阳桥②。

---

① 东门营：洛阳城东面第一门叫上东门。 ② 河阳：唐县名，治所在今河南孟县南。从洛阳北渡黄河，必经河阳。河阳桥：孟县黄河上的浮桥，据载是西晋杜预所架。

落日照大旗①，马鸣风萧萧②。
平沙列万幕③，部伍各见招④。
中天悬明月⑤，令严夜寂寥⑥。
悲笳数声动⑦，壮士惨不骄⑧。
借问大将谁⑨？恐是霍嫖姚⑩。

【翻译】

早晨进入上东门的营地，
傍晚就过了河阳大桥。
西下的红日映照大旗，
战马嘶鸣伴随着风声萧萧。

---

① 大旗：主将的军旗。古时营地的军旗，主将主帅用红色大旗，其他将军各用其色，不准用红色。 ②“马鸣”句：此连上句化用《诗经·小雅·车攻》“萧萧马鸣，悠悠旆旌”语意，形容军营壮肃情景。萧萧：风声。 ③ 平沙：广阔的沙漠。幕：营帐。 ④ 部伍：等于说“队伍”，泛指部队各级编制。各见招：各自集合。 ⑤ 中天：天空中。悬：挂。 ⑥ 寂寥：寂静无声。 ⑦ 笳：胡笳，古时军中号角。悲笳：形容笳声凄厉。 ⑧ 壮士：战士，即指第一首诗中豪壮从军的那位士兵。惨：引起悲凄的感情。不骄：指第一首诗中所表现的豪气消失了。 ⑨ 大将：指在蓟门的幽州节度使。 ⑩ 嫖姚：同“剽姚”，汉代武官名号。霍嫖姚：汉武帝名将霍去病，曾为剽姚校尉随卫青出塞远征。

平沙上列着万千帐幕，
各个部队各自相招。
天空当中高挂一轮明月，
军令森严在夜晚更觉得寂寥。
凄厉的胡笳声声传来，
壮士也感到惨凄而不再气骄。
请问大将是哪一位？
恐怕就像汉代的霍嫖姚。

其　三

此诗原列第三。诗中讽刺唐玄宗好大喜功追求开边。

古人重守边①，今人重高勋。
岂知英雄主②，出师亘长云③。
六合已一家④，四夷且孤军⑤。

① 古人：连下句“今人”，都指边塞将领。 ② 英雄主：指唐玄宗。 ③ 亘（gèn 跟去声）：延续不断。 ④ 六合：天地四方，即天下的意思。一家：归李唐一家。 ⑤ 四夷：指国家四邻的异族。且：而且。孤军：分散孤立，军力薄弱。

遂使貔虎士①，奋身勇所闻。

拔剑击大荒②，日收胡马群。

誓开玄冥北③，持以奉吾君④。

【翻译】

古人重在守卫边疆，

今人重在博取高勋。

哪里知道当今英雄之主，

出兵胜似绵延长云。

普天下已归属李唐一家，

四方异族眼看成为孤军。

就驱使像貔虎似的勇士，

奋不顾身如所听闻。

拔剑出击大荒之地，

天天收来胡马成群。

发誓开辟玄冥以北，

拿来奉献给我们的主君。

---

① 貔（pí 疲）：古书记载的一种猛兽。貔虎士：像貔虎般勇猛的战士。 ② 大荒：极远的荒凉地区。 ③ 玄冥：神话传说，主管北方之神为黑帝，官号玄冥。 ④ 君：君主，指唐玄宗。

月　夜

天宝十五载(756),叛军首领安禄山在洛阳自称大燕皇帝。六月,潼关失守,唐玄宗仓皇奔蜀。七月,唐肃宗在灵武(今宁夏灵武)即位。杜甫从这年五月起携家避难,最后把家小安置在鄜州(今属陕西)西北三十里的羌村。八月,他只身离家投奔灵武,中途被安禄山部俘虏,解往长安,困陷到第二年春天。这首五言律诗便是困陷长安时思念鄜州家小的作品。

今夜鄜州月①，闺中只独看②。
遥怜小儿女，未解忆长安③。
香雾云鬟湿④，清辉玉臂寒⑤。
何时倚虚幌⑥，双照泪痕干⑦。

【翻译】

今夜鄜州的月亮，
闺房里只能一人在独看。
遥怜我幼小的儿女，
还不理解父母在思恋长安。
夜雾湿透了云鬟散发清香，
月光下你如玉双臂会受寒。
哪一天我们倚着透明窗户，
让月光把夫妻俩泪痕照干。

---

① 鄜州月：是说家小所在鄜州夜空的明月。 ② 闺中：闺房里，指妻子。 ③ 解：懂得。忆长安：意思是在鄜州时夫妻常常回想长安生活，深为国家动乱忧愁。或说“忆长安”即指思念自己沦陷长安，但当时杜甫的妻子儿女未必知道他被俘，似未确切。 ④“香雾”句：是说雾气湿了发结，头发散发清香。鬟：妇女发结。云鬟：形容发结如云朵高耸。 ⑤ 清辉：月光。以上二句想象妻子月夜倚窗思念之情。 ⑥ 虚幌：蒙在窗户上的素帛，细薄透明，如同虚设，故称。 ⑦ 双照：月光照着夫妻二人。泪痕干：想象团聚时不再悲伤流泪，正表示分别时经常悲伤思念，泪痕不干。

悲陈陶

天宝十五载(756),唐肃宗即位后改元至德元年。这年十月,唐肃宗命宰相房琯统兵收复长安、洛阳,在咸阳县东的陈陶斜一战溃败。当时,杜甫困陷长安,听到这个不幸消息,看见安禄山部胜利归来的骄横情形,满腔悲愤,写下了这首七言古诗。

孟冬十郡良家子①,血作陈陶泽中水②。

---

① 孟冬:初冬十月。良家子:好人家子弟,这里泛指应募参军的百姓子弟。 ② 陈陶泽:又称陈陶斜,唐代咸阳东的一片丘陵泽地,是房琯指挥官军与安禄山叛军激战之处。

野旷天清无战声①，四万义军同日死②。
群胡归来血洗箭③，仍唱夷歌饮都市④。
都人回面向北啼⑤，日夜更望官军至⑥。

【翻译】

初冬十月有十郡良家子弟，
他们的鲜血成为陈陶泽中的流水。
田野空旷天气清朗听不到战斗声，
四万义军同一天战死。
一群群胡兵回城带着血洗的箭，
仍然唱着胡歌狂饮在都城街市。
都城里的人转过脸来向北方啼泣，
日日夜夜更加盼望官军来雪耻。

---

① 旷：一作“广”。清：一作“晴”。无战声：战争结束，死寂无声。 ② 四万义军：指陈陶泽战役牺牲的官军。因为这批军队大多是新募的战士，在杜甫看来是奋起救国的忠义军队，故称“义军”。同日死：指房琯、李光进率领两路军队在至德元年十月辛丑（二十一日）溃败于陈陶泽。 ③ 群胡：安禄山军中多胡人。血：一作“雪”。 ④ 都市：长安街上。 ⑤ 都人：京城长安人民。向北啼：唐肃宗朝廷在灵武，位于长安北方，所以人民向北方啼哭，表示向着唐朝。 ⑥ 更望：因为败绩，所以更加希望朝廷不要悲观，盼望派遣军队来收复长安。

悲　青　坂

至德元年(756)十月二十一日，房琯在陈陶斜大败，收残兵几千驻青坂。由于宦官催督，房琯出战又大败。杜甫闻讯后写了这首诗，希望总结教训，充分准备，等待时机，再作反攻。青坂，当距陈陶斜与咸阳不远，在今陕西周至、武功之间的太白山区。

我军青坂在东门①，天寒饮马太白窟②。

① 东门：未详，或指青坂所属的县城东门。 ② 太白窟：秦岭主峰，位于今陕西周至、武功、太白诸县之间。这里是说青坂在太白山区，山高天寒，饮马困难，条件极为艰苦。

黄头奚儿日向西①,数骑弯弓敢驰突②。

山雪河冰晚萧瑟③,青是烽烟白人骨④。

焉得附书与我军⑤,忍待明春莫仓卒⑥。

【翻译】

我军驻扎青坂在东门,

大冷天饮马在太白山窟。

黄头奚儿一天天向西推进,

几骑敌兵拉开弓就敢冲突。

山上的雪河里的冰天晚风萧瑟,

青的是烽烟白的是人骨。

怎能捎封书信给我军,

忍耐等到春天切莫过于仓促。

① 奚儿:安禄山军队中有很多是奚、契丹等部族。日向西:一天天向西推进。青坂在陈陶以西。 ② 驰突:飞骑冲击突破,形容勇于战斗。 ③ 雪、冰:都是动词,积雪,结冰。萧瑟:寒风凄厉。 ④ 烽烟:烽火,军事告警信号。 ⑤ 焉得:怎能。附书:托书信。 ⑥ 明春:指至德二年(757)春天。仓卒:匆忙突然,毫无准备。

春　望

这首诗大约作于至德二年(757)三月,当时杜甫仍困陷长安。全诗抒写忧国思家的悲痛心情,艺术表现力极强,是杜诗中的名篇。

国破山河在①,城春草木深②。
感时花溅泪③,恨别鸟惊心④。

① 国破:国家破碎不完,指安禄山之乱造成京城沦陷,皇帝移迁。山河在:是说唯有大自然环境依然完好存在。② 城:指长安城。③ 时:指时世和时事。花溅泪:看着繁荣春花,不禁落泪。④ 别:与亲人离别。鸟惊心:听见春鸟鸣声,心里也会受惊。

烽火连三月①，家书抵万金②。

白头搔更短③，浑欲不胜簪④。

【翻译】

国家破碎山河依旧，

京城的春天草木荫深。

感伤时事，花朵溅泪，

怨恨离别，啼鸟惊心。

战火接连三月不熄，

家信价值抵到万金。

头上的白发越搔越短，

简直要插不上簪。

① 烽火：战火。连三月：连续三个月，意思是只要战争不能及时停止，时间长了，人们就会严重不安。一说实指这一年的正月、二月、三月，整个春天三个月；又说是连续两个春天三月，即从去年三月到今年三月，整整一年。② 家书：家信。抵：值。③ 白头：是说自己年老，头发已白。搔更短：是说白发严重脱落，一碰就掉。④ 浑：简直。簪（zān 暂阴平）：古代男子束发，戴冠于发，用一根簪连结起来。不胜簪：头发稀少，插不了簪。

哀江头

这首诗当写于至德二年(757)春天,与《春望》为同时之作。杜甫来到曲江边看到当年繁华的游览胜地,已是一片荒凉,回忆当年盛况,不胜感慨。江头,指曲江边,在长安城东南,今陕西长安县境内。

少陵野老吞声哭①,春日潜行曲江曲②。江头宫殿

---

① 少陵:汉宣帝许皇后的陵墓,在汉宣帝陵墓杜陵的东南。杜甫远祖本居住京兆杜陵,他又曾在少陵北面、杜陵西面的地方住过,所以他自称"杜陵野老",有时称"少陵野老"。野老:乡野老人。吞声:不敢出声。 ② 潜行:偷偷走来。曲江曲:曲江的水弯角落。

锁千门①，细柳新蒲为谁绿②？忆昔霓旌下南苑③，苑中万物生颜色④。昭阳殿里第一人⑤，同辇随君侍君侧⑥。辇前才人带弓箭⑦，白马嚼啮黄金勒⑧。翻身向天仰射云，一笑正坠双飞翼⑨。明眸皓齿今何在⑩？血污游魂归

---

① 江头宫殿：唐代曲江两岸有皇帝游乐的紫云楼、芙蓉苑等楼观苑林。千门：宫中的门户。② 细柳：柔细的柳条。新蒲：新绿的蒲柳。蒲柳即水杨，质地柔弱早衰。这里写曲江宫苑的自然景象。为谁绿：意思是皇帝出逃，宫苑无主。③ 霓旌：指皇帝出行的仪仗，羽饰彩旗，犹如霓虹。南苑：即曲江芙蓉苑，是皇帝游猎场苑。④ 万物：指南苑中草木禽兽。生颜色：是说由于皇帝降临，苑中万物增添光辉，格外好看。⑤“昭阳”句：汉成帝皇后赵飞燕的妹妹赵昭仪住在昭阳殿，最受宠爱（见《汉书·外戚传》）。但唐代诗文中往往以为赵飞燕住在昭阳殿，最受宠贵。例如李白《宫中行乐词》说：“宫中谁第一？飞燕在昭阳。”杜甫这句也是这样认为，用来喻指杨贵妃。第一人：后宫宠贵数第一的人。⑥ 辇（niǎn 碾）：用人抬拉的皇帝乘车。君：指唐玄宗。⑦ 才人：宫中女官职称，正四品。这里指随从女官。⑧ 嚼啮（niè 聂）：牙齿咬住。勒（lè）：马笼头上的马嚼子，套住马嘴。⑨ 一笑：指贵妃一笑；一作“一箭”。坠：射落。双飞翼：一双飞鸟。⑩ 眸（móu 谋）：眸子，俗称眼珠子。明眸皓齿：指美丽的杨贵妃。今何在：指杨贵妃已死。唐玄宗仓皇奔蜀，逃到马嵬驿，发生兵变，玄宗命高力士缢死杨贵妃。

不得①！清渭东流剑阁深②，去住彼此无消息③。人生有情泪沾臆④，江水江花岂终极⑤！黄昏胡骑尘满城⑥，欲往城南望城北⑦。

【翻译】

少陵野老吞声哭，
春天里偷偷来到曲江曲。
江头宫殿千门万户都上了锁，
细柳枝新蒲叶为谁发绿？
想当年皇上的霓旌下到南苑，
南苑里万物都倍增颜色。
昭阳殿里最宠贵的那位，

---

① 游魂：指杨贵妃的魂魄。贵妃死后，即埋在马嵬坡，所以说不能归长安。 ② 清渭：渭水清，故称。清渭东流：是说杨贵妃埋在渭水流域。剑阁：大、小剑山之间阁道相通连，故名剑阁，在今四川剑阁北，是古时自秦入蜀必经之地。剑阁深：是说玄宗西入蜀中，离开杨贵妃墓葬处日益遥远。 ③ 去住彼此：唐玄宗离开了，杨贵妃留下来，两人一生一死，彼此不通音讯。 ④ 臆：胸臆。 ⑤ 江水江花：指曲江流水和江边花草的自然景物。水，一作“草”。岂终极：是说流水花草，永存不灭，没有终点。 ⑥ 胡骑：指安禄山军队。 ⑦ 望城北：唐代长安城的布局是皇帝居住的大内在城北，居民区在城南，这里的“望城北”是杜甫眷恋唐室的表现。

同车随从在皇上身侧。
车前才人们带上弓箭，
雪白的马匹配上黄金的马勒。
翻身向天仰射青云，
一笑中落下一双飞鸟。
明眸皓齿如今在哪里？
带血的游魂已回来不得。
清渭东流剑阁深远，
死去生留彼此不通消息。
人生有情泪湿胸臆，
江草江花岂有终极！
黄昏时胡骑搅得满城尘土，
我要去城南还时时回头望城北。

塞 芦 子

这首诗也是至德二年(757)的作品。杜甫困陷长安,十分关切战事。他看到安禄山的一支主力史思明、高秀岩军队长驱西入,包围太原,威胁朔方,深为焦急。他认为延州的门户芦子关具有重要战略地位,切望唐军派兵坚守,于是写了这首诗。塞,屯兵堵塞。芦子,芦子关,唐代军事要镇,治所在延州延昌县,今陕西延安西北。

五城何迢迢①，迢迢隔河水②。边兵尽东征③，城内空荆杞④。思明割怀卫⑤，秀岩西未已⑥。回略大荒来⑦，崤函盖虚尔⑧。延州秦北户⑨，关防犹可倚⑩。焉

① 五城：唐代东受降城，在今内蒙古呼和浩特市托克托南；中受降城，在今内蒙古包头南；西受降城，在今内蒙古巴彦淖尔盟五原西北；朔方节度使辖下军镇定远城，在今宁夏平罗南；丰安军，在今宁夏中卫西。这五城都是唐代西北边疆重要军镇。迢迢，遥远。 ② 隔河水：五城都在黄河以北。 ③ 边兵：指驻守五城之类的边防军队。东征：调西北边防军到内地来讨伐安禄山之乱。 ④ 城：指五城等边防城镇。空：徒有。荆杞：指丛树杂木。 ⑤ 思明：史思明，突厥人，本名窣干。唐玄宗赐名思明，为安禄山部下大将，后为乱军重要首领。这时，他割据怀州、卫州。怀州，治所在今河南沁阳。卫州，治所在今河南汲县。 ⑥ 秀岩：高秀岩，原为唐将，投降安禄山，被安任为河东节度使。西未已：西进计划没有结束。史思明策划，乘太原精兵抽走，兵力空虚之机，联合高秀岩等，以十万兵从四路包围太原。攻占太原后，继续西进，长驱攻占朔方、河陇，所以说“西未已”。 ⑦ 回略：迂回包抄的计谋。大荒：即指五城镇守的大沙漠和草原地带。来：一作“东”。这句意思是说，史、高乘虚攻占西北边疆地区，形成大的迂回包抄形势，再进占关中。 ⑧ 崤(xiáo 淆)：崤山，在河南洛宁北。函：函谷关，在河南灵宝西南，东起崤山，西至潼津，扼守于绝壁之间，自古为防守要隘。盖：句首语气词，引出原因。虚：形同虚设，无力防守。尔：语气词。 ⑨ 延州：治所在今陕西延安。秦：古秦国，即指关中地区。北户：北门。 ⑩ 关防：指芦子关。恃：依仗。

得一万人①,疾驱塞芦子。岐有薛大夫②,旁制山贼起③。近闻昆戎徒④,为退三百里⑤。芦关扼两寇⑥,深意实在此⑦。谁能叫帝阍⑧,胡行速如鬼⑨!

【翻译】

五座城池多么遥远,

遥远地隔着黄河水。

边兵悉数东调去征战,

城里空自长着荆棘和枸杞。

思明取得了怀州和卫州,

秀岩西进仍未停歇。

---

① 焉得:哪里得到。 ② 岐:岐山,在今陕西岐山县。薛大夫:薛景仙,原为陈仓县令,故称他"大夫"。安禄山乱后,因抵抗有力,于至德元年(756)任为扶风太守兼防御史,防守延州以西的扶风一带。 ③ 旁制:是说从延州西面钳制敌人。山贼:指在武功、岐山、大白等山区的安禄山军。 ④ 昆戎:昆夷和犬戎,古代西北少数民族,这里泛指当时因安禄山乱而骚扰的西北少数民族。 ⑤ "为退"句:是说因为薛景仙威镇扶风,所以主动退却。三百里:约举大数,表示退却很多。 ⑥ 扼:箝制。两寇:指史思明和高秀岩。 ⑦ 深意:深远意义,即上所述防御史、高从西北边境包抄过来,进攻关中,威胁灵武。 ⑧ 帝阍(hūn 昏):天帝的门官,喻唐肃宗的宫门。 ⑨ 胡:史、高军中多胡人。

从大荒包抄过来，
崤函的天险形同虚设。
延州是关中的北面大门，
关隘防御还可依赖。
哪里能弄到一万兵马，
火速赶去把芦子关堵塞。
岐山有位薛大夫，
能够从侧面牵制山贼。
近来听说那里的昆戎，
就为他退后里数有三百。
用芦子关来卡住两个贼寇，
深意实在于此。
谁能叫开宫廷的大门，
要知道胡兵行军神速就像鬼魅！

述　怀

至德二年(757)四月，杜甫终于逃出长安，赶到唐肃宗的所在地凤翔(今陕西凤翔)。五月间，被任为左拾遗。此刻，他非常想念逃难寄居在鄜州羌村的妻子儿女，但因国难当前，他不能请求回家探亲。于是写了这首诗，告慰亲人。

去年潼关破①，妻子隔绝久。今夏草木长②，脱身得

---

①“去年”二句：是说天宝十五载(756)六月，安禄山攻破潼关起，杜甫携家逃难，置家鄜州，然后只身投奔唐肃宗，中途被俘困陷长安，与妻子儿女离别，并且不通消息，时间很久。潼关：在今陕西潼关北。 ②“今夏”句：是说至德二年(757)初夏四月，从长安脱身逃走，西往唐肃宗行在凤翔。

西走。麻鞋见天子①,衣敝露两肘②。朝廷愍生还③,亲故伤老丑。涕泪授拾遗④,流离主恩厚⑤。柴门虽得去⑥,未忍即开口⑦。寄书问三川⑧,不知家在否?比闻同罹祸⑨,杀戮到鸡狗⑩。山中漏茅屋,谁复依户牖⑪?摧颓苍松根,地冷骨未朽⑫。几人全性命?尽室岂相偶⑬?嵚岑猛虎场⑭,郁结回我首⑮。自寄一封书,今已十月后⑯。反畏消息来⑰,寸心亦何有⑱?汉运初中

---

① 天子:指唐肃宗。 ② 敝:破旧。肘(zhǒu 帚):胳膊肘儿。 ③ 愍(mǐn 闵):同"悯",怜悯。生还:活着回来。 ④ 拾遗:唐代谏官名,设左、右拾遗各二人,从八品官阶,职责是对皇帝考虑未周、有所遗失之处,随时规谏或上疏。 ⑤ 流离:指自己经历颠沛流离。主恩:皇帝的恩情。 ⑥ 柴门:指鄜州的家。虽得去:意思是虽然得以离开朝廷。 ⑦ 开口:向朝廷请假。 ⑧ 三川:鄜州的属县,在鄜州南。杜甫家小寄居在三川县。 ⑨ 比闻:近来听说。罹(lí 厘):遭受。 ⑩"杀戮"句:是说安禄山军滥施屠杀。 ⑪"山中"二句:是说经过战祸,有谁幸存。漏茅屋:破漏的茅屋。依户牖(yǒu 友):靠在门窗,盼望亲人。 ⑫"摧颓"二句:古代墓地多植松柏。遭乱军杀掠,苍松古柏被砍,人民遇害,尸骨遍野,天冻地寒,尚未腐朽。 ⑬ 尽室:全家人。相偶:木偶,喻任人摆布。 ⑭ 嵚岑(qīn cén 钦涔)形容山高。猛虎:比喻贼寇是吃人猛兽。 ⑮ 郁结:愁闷憋气。 ⑯ 十月后:过了十个月,没有回信。 ⑰ 反畏:反而害怕。 ⑱"寸心"句:意思是说,心里就记挂妻子儿女,万一传来不幸消息,也就无所牵挂,空了。这是苦涩语。

兴①,生平老耽酒②。沉思欢会处③,恐作穷独叟④。

【翻译】

去年潼关被打破,
我与妻儿隔绝已久。
今年初夏草木繁荣时节,
我脱身长安向西奔走。
穿着麻鞋朝见天子,
衣服破旧露出两肘。
朝廷怜悯我能活着回来,
亲友感伤我变得老而丑。
我流着眼泪接受拾遗官,
经历流离更觉得皇恩深厚。
虽然可以回家探望,
还不忍此刻就开口。
寄封信去三川问一问,
不知道我的家小还在否?

---

① 汉运:以汉喻唐,指唐室命运。初中兴:指形势好转,唐肃宗开始使唐室再度振兴。② 生平:这辈子。老耽酒:年纪老了,爱喝酒。③ 欢会处:欢乐会心的地方,指国家中兴,老来饮酒。④"恐作"句:是说担心妻子儿女不幸,自己孤独穷苦。

近来听说一样遭了大祸，
贼寇在那里杀戮到鸡狗。
山里那间破漏的茅草房，
有谁还依着门窗在等候？
砍倒老松树还挖断了根，
土地寒冷尸骨还没腐朽。
家里有几人保全了性命？
难道全家人都成了木偶？
那真是高山猛虎吃人场，
愁闷憋气我不由回转头。
自从给家里寄去一封信，
到如今已在十个月以后。
反而害怕消息到来，
这区区方寸就一无所有！
唐室命运开始再度振兴，
这辈子到老来爱喝酒。
沉思在欢会之处，
只怕当个孤身穷老头。

羌村三首

至德二年(757)五月,杜甫为左拾遗。不久,发生罢免宰相房琯事件。杜甫上疏进谏,认为房琯罪小,不宜罢免大臣。因此触怒唐肃宗,下狱查问。幸亏新任宰相张镐营救,杜甫得以免罪,六月初一复职。但肃宗从此嫌恶杜甫,两个月后,亲自命杜甫回家探亲,让他离开朝廷。于是在这年闰八月初一,离开凤翔,到鄜州三川的羌村探家。回家后,与别离一年多的妻儿团聚,回顾别后流离,生活艰难,百慨丛生,悲喜交集,写了这一组诗。

其　一

第一首抒写刚到家时的悲喜交集的情景，真实描写了乱离生还的意外惊喜，感人肺腑。

峥嵘赤云西①，日脚下平地②。
柴门鸟雀噪③，归客千里至④。
妻孥怪我在⑤，惊定还拭泪⑥。
世乱遭飘荡，生还偶然遂⑦。
邻人满墙头，感叹亦歔欷⑧。
夜阑更秉烛⑨，相对如梦寐⑩！

---

① 峥嵘：形容高空云阵压来，气氛严峻。赤云：夕阳映照，满天红云。 ② 日脚：日光穿过云阵，照射出来。仿佛伸出脚来。 ③ 柴门：一作"柴间"。噪：喧鸣。 ④ 归客：杜甫自指；一作"客子"。千里至：夸张形容辛苦远归，实际不足五百里。这次回家，因征搜军马，杜甫从凤翔步行到邠州才借到马匹代步，确实辛苦。 ⑤ 孥（nú 奴）：儿女。在：活着。 ⑥ 惊定：一作"惊走"。 ⑦ 生还：活着回来。遂：如愿。 ⑧ 歔欷（xū xī 虚希）：哽咽，抽泣。 ⑨ 夜阑：夜深。秉烛：拿着灯烛，意思是点着亮儿。 ⑩ 相对：夫妻俩对坐着。梦寐：做梦。

【翻译】

赤红的云阵压在西边，
日光穿过云阵照到平地。
篱笆门前鸟雀乱叫，
归客从千里之外来到家里。
妻子儿女奇怪我居然还活着，
惊定了还在擦眼泪。
时世动乱遭遇飘荡，
能够活着回家是偶然机会。
邻人挤满墙头，
为我感叹歔欷。
夜深人静还点着灯烛，
相对着好像在梦中相会。

其　二

第二首抒写回家以后，心中仍然忧虑国事，烦闷不安，却又无奈，只能耽酒遣愁，聊以自慰。

晚岁迫偷生①，还家少欢趣。
娇儿不离膝，畏我复却去②。
忆昔好追凉③，故绕池边树④。
萧萧北风劲⑤，抚事煎百虑⑥。
赖知禾黍收⑦，已觉糟床注⑧。
如今足斟酌⑨，且用慰迟暮⑩。

【翻译】

晚年却被迫来苟且偷生，
回到家里并没有多少乐趣。
娇小孩儿不离开膝下，
一会儿就害怕地看着我离去。

---

① 晚岁：时年四十六岁。迫偷生：国难当头，却回家过日子，是苟且偷生。但这是唐肃宗下令让杜甫回家的，本非自愿，可以说出于被迫。 ② 畏我：是说娇儿见我不高兴，有点怕我。复：又。却去：步步退却地离开，显出娇儿面对杜甫的害怕而不理解的神态。 ③ 忆昔：回想去年在此地安家时，正是暑夏六七月间。追凉：寻找凉快地方。 ④ 故：故意。池边树：池塘边，树荫下（正是追凉的好地方）。 ⑤ 萧萧：风声。 ⑥ 抚事：思量当前国事。煎百虑：受种种忧虑的煎熬。 ⑦ 赖：幸亏。 ⑧ 糟床：酒醡，一种除糟滤酒的设备。注：流出。 ⑨ 斟酌：酒倒在杯里慢慢喝。 ⑩ 用：用来。迟暮：指老年，用《离骚》“恐美人之迟暮”语。

回想去年喜欢找凉快地方，
常环绕池边大树。
呼呼北风一个劲吹来，
思量国事有千百忧虑。
幸亏我知道今年禾黍能丰收，
已想象好酒从糟床流注。
如今足够自斟自饮，
姑且用来安慰迟暮。

其　三

第三首抒写邻里相访，共谈世事，感叹战乱造成田园荒废，生活艰难。

群鸡正乱叫，客至鸡斗争①。
驱鸡上树木，始闻叩柴荆②。
父老四五人，问我久远行③。
手中各有携，倾榼浊复清④。

---

① 客：来访的客人，即下文“父老四五人”。 ② 叩：敲。柴荆：等于说“柴门”，篱笆门。 ③ 问：慰问。 ④ 榼（kē 科）：酒器。浊复清：自酿土酒较混浊，须稍待沉淀，使酒澄清。

苦辞酒味薄①，黍地无人耕。
兵革既未息②，儿童尽东征③。
请为父老歌④，艰难愧深情。
歌罢仰天叹⑤，四座涕纵横⑥。

【翻译】

一群鸡正在乱叫，
客人来到时鸡又斗又争。
把鸡赶上了树木，
这才听到有人在敲柴门。
原来是村里四五位父老，
慰问我这次远行。
手里都带着礼物，
倒上浊酒一杯再来一杯清。
解释这酒味为什么淡薄，
是由于田地没人去耕。
战争还没有停歇，

---

① 苦辞：苦苦地说。一再说明。 ② 兵革：兵是兵器，革是皮革制的甲，兵革引申指战争。 ③ 儿童：等于说“孩子们”，指年轻的儿孙辈。东征：指从军到东而征伐安史之乱。 ④ 请：请允许。 ⑤ 仰天叹：表示只有老天理解。 ⑥ 涕纵横：形容热泪不绝，悲伤之甚。

孩子们全都东征。

请允许我为父老歌唱，

艰难之中我有愧父老们的深情。

歌罢仰天长叹，

大家禁不住热泪纵横。

北　征

这首五言长诗写于至德二年(757),与《羌村三首》为同时之作。杜甫探亲回到家里,依然关心时局,忧虑国事,把离京到家的见闻观感和心中忧虑用古诗形式写了出来。杜甫当时家在鄜州,在肃宗所在凤翔的东北,回家时向北走,所以题为《北征》。

皇帝二载秋①,闰八月初吉②。杜子将北征③,苍茫

① 皇帝:指唐肃宗。二载:至德二年(757)。 ② 闰八月:此年农历闰月为八月。初吉,初一日。 ③ 杜子:杜甫自称。

问家室①。维时遭艰虞②,朝野少暇日③。顾惭恩私被④,诏许归蓬荜⑤。拜辞诣阙下⑥,怵惕久未出⑦。虽乏谏诤姿⑧,恐君有遗失⑨。君诚中兴主⑩,经纬固密勿⑪。东胡反未已⑫,臣甫愤所切⑬。挥涕恋行在⑭,道途犹恍惚⑮。乾坤含疮痍⑯,忧虞何时毕!靡靡逾阡陌⑰,人烟眇萧瑟⑱。所遇多被伤⑲,呻吟更流血。回首

---

① 苍茫:天色空旷迷茫,这里形容道路。问:探问。家室:家庭亲人。 ② 维:语气词。时:时世。艰虞:艰难忧虑,指战乱。 ③ 朝野:在朝和在野,总指官吏和百姓。 ④ 顾:回头想。恩私被:自己一个人蒙受皇恩。 ⑤“诏许”句:指唐肃宗亲自下令放杜甫回家探亲,其实让他离开朝廷。参看《羌村三首》题解。诏:皇帝下令。许:允许。蓬荜:蓬门荜户,喻穷陋的家。 ⑥ 拜辞:跪拜辞别。诣:进见。阙下:指朝廷。 ⑦ 怵惕(chù tì 触替):恐惧不安。 ⑧ 谏诤:竭力劝谏。姿:姿势,气魄。 ⑨ 君:指肃宗。有遗失:指考虑不周,有所遗忘或者失误。 ⑩ 诚:确实。中兴主:再度振兴国家的君主。 ⑪ 经纬:用织布的经线纬线比喻筹划国家大事。固:本来。密勿:谨慎努力。 ⑫ 东胡:指安禄山、史思明叛乱。已:结束。 ⑬ 愤所切:深切愤恨。 ⑭ 行在:皇帝外出时临时居住的所在,此指凤翔行在。 ⑮ 恍惚:神志不清,表示忧伤甚重。 ⑯ 乾坤:原是《易经》代表天地的乾卦坤卦,这里指天下。疮痍:创伤。 ⑰ 靡靡:行路迟缓,等于说“拖拖沓沓”。踰:穿过。阡陌:田间小道。 ⑱ 眇(miǎo 秒):通“渺”,渺茫,形容不见人烟。萧瑟:形容田野零落萧条。 ⑲ 所遇:路上遇见的人。被伤:带着创伤。

凤翔县①，旌旗晚明灭②。前登寒山重③，屡得饮马窟④。邠郊入地底⑤，泾水中荡潏⑥。猛虎立我前⑦，苍崖吼时裂。菊垂今秋花⑧，石戴古车辙⑨。青云动高兴⑩，幽事亦可悦⑪。山果多琐细⑫，罗生杂橡栗⑬。或红如丹砂⑭，或黑如点漆⑮。雨露之所濡⑯，甘苦齐结实⑰。缅思

---

① 凤翔县：唐肃宗行在的所在，今属陕西。 ② 旌旗：指城头旗帜飘扬。明灭：忽隐忽现。 ③ 重：一道道。 ④ 饮马窟：喂马饮水的泉眼水洼。 ⑤ 邠（bīn 宾）：唐代邠州，治所在今陕西彬县。入地底：郊外人民多住窑洞，所以出城到郊外，好像走进地底下；一说是形容地势低凹。 ⑥ 泾水：流过邠州城北郊。中：其中，即邠郊中。荡潏（yù 欲）：水流汹涌。 ⑦ "猛虎"二句：形容山路惊险，想象迎面矗立山崖形状好像猛虎挡道，龇牙咧嘴，大声怒吼。一说是实写遇虎，以见路途险恶。 ⑧ 垂：形容花朵丰满。 ⑨ "石戴"句：是说山石道路上的车轮轨迹都是从古代留下来的。戴：形容在石面上。车辙：车轮辗行的轨迹。 ⑩ 动高兴：激发起高雅的兴致。 ⑪ 幽事：指隐居山林的生活。 ⑫ 琐细：散乱细小。 ⑬ 罗生：到处生长。杂：混杂。橡栗：橡树和栗子树。橡树即栎树，通称柞树，果实圆坚，亦可充饥。 ⑭ 或：有的。丹砂：即朱砂，朱红色。 ⑮ 点漆：一点点生漆。漆汁流出，遇空气变黑色。 ⑯ 所濡（rú 儒）：被湿润滋养的，这里指草木。这句含有兴寄，包括天赐皇恩的滋润。 ⑰ 甘苦：甜果和苦果，语义双关，兼含生活遭遇的甘苦。

桃源内①，益叹身世拙②。坡陀望鄜畤③，岩谷互出没。我行已水滨，我仆犹木末④。鸱鸟鸣黄桑⑤，野鼠拱乱穴⑥。夜深经战场，寒月照白骨。潼关百万师⑦，往者散何卒⑧？遂令半秦民⑨，残害为异物⑩。况我堕胡尘⑪，

---

① 缅思：遥想。桃源：指东晋陶渊明《桃花源记》所写的桃花源理想境界，隔绝人世，淳朴太平，安居乐业，没有剥削和战乱。② 益：更加。身世拙：自己生活的世界太差。③ 坡陀：山坡岗头。畤：祭坛。鄜畤：相传春秋时代秦文公曾在鄜州设祭坛祭祀白帝（见《史记·封禅书》），这里指鄜州。④ 木末：树梢。山路高下盘旋。杜甫走在前面，仆人落后在坡上，回头看时好像在树梢上。⑤ 鸱（chī 痴）鸟：鸱鸮，猫头鹰之类，古代以为不祥之鸟。黄桑：枯黄的桑树。⑥ 野鼠：指拱鼠。又称礼鼠，《本草纲目》说它就是黄鼠，多生活在关中、山西田野，天晴日暖，蹲在洞口，见人就把两只前脚一叉，像拱手，逃进洞去。⑦ "潼关"句：唐玄宗天宝十五载，安禄山在洛阳称帝，唐玄宗命哥舒翰统帅二十万兵守潼关，坚持不轻出，被杨国忠逼迫匆忙出战，结果大败投降。百万师：形容守军极多。⑧ 往者：从前。散：溃败。卒：仓卒。⑨ 半秦民：关中地区一半老百姓，是说人民遭害甚惨重。⑩ 为异物：死亡。⑪ 况：何况。堕胡尘：指至德元年（756）七月到二年三月困陷长安事，参看《月夜》题解。

及归尽华发①。经年至茅屋②,妻子衣百结③。恸哭松声回④,悲泉共幽咽⑤。平生所娇儿,颜色白胜雪⑥。见爷背面啼,垢腻脚不袜⑦。床前两小女,补绽才过膝⑧。海图坼波涛⑨,旧绣移曲折⑩。天吴及紫凤⑪,颠倒在短褐⑫。老夫情怀恶,呕泄卧数日。那无囊中帛⑬,救汝寒

① 华发:花白头发。 ② 经年:指至德元年七月离鄜州到这时回来,时经一年多。 ③ 妻子:妻子和儿女。衣:穿。百结:百结衣,用各种零布头拼补缝成衣服。《太平御览·服章六》引王隐《晋书》载,董感在集市拉车,获得许多残零绢缯,缝成衣服。当时称为“百结衣”。后用以形容穷苦人的穿衣。 ④ 恸(tòng痛)哭:放声大哭,极其悲哀。回:回响,共鸣。 ⑤ 幽咽:隐隐呜咽。 ⑥ 颜色:脸色。白胜雪:比雪还要苍白无血色,极为虚弱。一说,这句是说娇儿从前养育很好,皮肤白嫩如雪。所以下文说如今很脏。垢腻:身上污垢积粘。 ⑦ 不袜:赤脚不穿袜子。 ⑧ “补绽”句:是说女儿长高了,没有新衣服,缝补改做旧衣也由于没有布料,刚过膝盖,太短了。 ⑨ 海图:绣有海上景象图案的幛子。坼(chè彻):裂开。波涛:海图幛子上的图纹。 ⑩ 移曲折:折波涛图纹因缝补需要而变得七弯八曲。 ⑪ 天吴:旧绣的图像,神话传说中的水神,八首八足,人面虎身,尾色青黄(见《山海经·大荒东经》及《海外东经》)。紫凤:也是旧绣的图像,五色多紫的凤凰。 ⑫ 颠倒:指水神、凤凰图像被颠倒地缝补在旧衣上。短褐:麻布短衣。 ⑬ 那无:怎会没有。杜甫已经做官,此番放假回来,当然带了一点财帛。

凛慄。粉黛亦解苞①，衾裯稍罗列②。瘦妻面复光，痴女头自栉③。学母无不为，晓妆随手抹④。移时施朱铅⑤，狼藉画眉阔⑥。生还对童稚，似欲忘饥渴。问事竞挽须，谁能即嗔喝⑦？翻思在贼愁⑧，甘受杂乱聒⑨。新归且慰意，生理焉得说⑩！至尊尚蒙尘⑪，几日休练卒⑫。仰观天色改，坐觉妖氛豁⑬。阴风西北来⑭，惨澹随回纥。其

---

① 粉黛：妇女化妆用的铅粉和画眉用的黑颜料。苞：通"包"，包裹。解苞：打开包裹。 ② 衾裯（chóu 绸）：被褥和床帐，这是用《诗经·召南·小星》"抱衾与裯"的成语。罗列：是说也有了一点像样的被褥帐子；一作"罗裂"。 ③ 头自栉：自己梳头。 ④ 晓妆：早晨梳妆。 ⑤ 移时：一会儿。施：涂抹。朱：胭脂一类。铅：铅粉。 ⑥ 狼藉：乱七八糟。据说狼睡在草上，起来把草弄得乱七八糟，消灭踪迹。 ⑦ 嗔（chēn 琛）喝：怪罪声斥。 ⑧ 翻思：反过来一想。 ⑨ 杂乱聒：杂乱吵嚷。 ⑩ 生理：生活料理，生计问题。焉得：怎能。说：谈论。 ⑪ 至尊：最尊贵的人，指皇帝，即唐肃宗。蒙尘：皇帝流亡在外地。 ⑫ 练卒：练兵。休练卒：意思是说停止只练兵而不作战的状态。 ⑬ "仰观"二句：借天象以说明天意有利于平定叛乱，形势在好转。坐：因此。妖氛：指安禄山、史思明之乱。豁：消除。 ⑭ "阴风"二句：指回纥派兵协助唐朝平叛之事。至德二年（757）九月，郭子仪建仪唐肃宗征调回纥兵马协助平乱。回纥首领怀仁可汗派遣儿子叶护等率精兵四千来到凤翔。元帅广平王李俶与叶护约为兄弟。此连下四句即写此事。惨澹：同"惨淡"，天色暗淡。

王愿助顺①,其俗善驰突②。送兵五千人③,驱马一万匹。此辈少为贵,四方服勇决④。所用皆鹰腾⑤,破敌过箭疾⑥。圣心颇虚伫⑦,时议气欲夺⑧。伊洛指掌收⑨,西京不足拔⑩。官军请深入,蓄锐可俱发⑪。此举开青徐⑫,旋瞻略恒碣⑬。昊天积霜露⑭,正气有肃杀⑮。祸转亡胡岁,势成擒胡月。胡命其能久,皇纲未宜绝⑯。忆

① 其王:指回纥怀仁可汗。助顺:帮助唐朝。 ② 驰突:驰骋冲击。 ③"送兵"二句:兵马数字都是约举大数。 ④ 四方:指唐政权及其他民族地区。服勇决:佩服回纥勇猛好斗。 ⑤ 所用:指回纥战士。鹰腾:比喻回纥战士精武如猛鹰飞腾。 ⑥ 过箭疾:比射箭速度还要快。 ⑦ 圣心:称唐肃宗的心思。虚伫:虚心期待,倾向争取回纥帮助。 ⑧ 时议:指当时的舆论。气欲夺:是沮丧的意思,当时舆论不愿借用回纥兵。 ⑨ 伊洛:伊水和洛水,都经过唐朝东都洛阳,这里指东都地区。指掌收:像在手掌上一样,形容很容易收复。 ⑩ 西京:长安。不足拔:不用费力攻拔,就可以拿来。 ⑪"官军"二句:是说唐朝军队全都养精蓄锐,要收复敌占地区,可不必等待。 ⑫ 此举:指全面反攻。青徐:青州和徐州,当今山东和江苏北部。 ⑬ 旋瞻:转过来可望。略:收取。恒碣:恒山和碣石山,即今山西、河北一带。 ⑭ 昊(hào 浩)天:古代神话中秋神是少昊,所以秋天称昊天。 ⑮ 有肃杀:使草木凋零,禽兽躲藏。 ⑯ 皇纲:皇朝的纲纪。

昨狼狈初[1]，事与古先别[2]。奸臣竟菹醢[3]，同恶随荡析[4]。不闻夏殷衰，中自诛褒妲[5]。周汉获再兴，宣光果明哲[6]。桓桓陈将军[7]，仗钺奋忠烈[8]。微尔人尽非[9]，于今国犹活。凄凉大同殿[10]，寂寞白兽闼[11]。都人望翠

---

① 狼狈：进退两难，处于困境，这里指安禄山乱起之初，唐朝处于狼狈不堪的窘困境地。 ② 事与古先别：指事态发展和最后结果不同于古代。 ③ 奸臣：指杨国忠。竟：终于。菹醢（zū hǎi 租海）：本义是剁成肉酱，这里只是诛杀的意思。安史乱起，潼关失守，唐玄宗仓皇奔蜀，到马嵬驿，左龙武大将军陈元礼发动兵变，杀死杨国忠，杨贵妃也被迫缢死。此连下句，即指其事。 ④ 同恶：指韩国夫人、虢国夫人以及杨国忠的党羽。荡析：扫荡瓦解。 ⑤"不闻"二句：是说唐室之所以没有像夏、殷两朝那样灭亡，是因为杀掉了像褒姒、妲（dá 达）己那样的杨贵妃。褒妲（dá 达）：褒姒是西周幽王的宠妃，妲己是商纣的宠妃。 ⑥"周汉"二句：用周代、汉代历史为例，说明中兴依赖圣明皇帝，借以歌颂唐肃宗中兴。宣：东周宣王。光：东汉光武帝。 ⑦ 桓桓：勇武有力。陈将军：即陈元礼，时任左龙武大将军。 ⑧ 钺（yuè 越）：古代兵器，像长把大斧。 ⑨ 微尔：如果没有你，指陈元礼。人尽非：人们都完了。这句化用孔子赞美齐桓公相管仲的话："微管仲，吾其披发左衽矣！"（《论语·宪问》）意思是说，如果没有管仲扶助齐桓公为霸，保住周王朝，人们都会被落后异族统治了。 ⑩"凄凉"二句：当时长安仍为安禄山义子安庆绪占据，形容皇宫里光景凄凉寂寞。言外之意是激励唐肃宗赶紧收复长安。大同殿：长安皇宫殿名。 ⑪ 白兽闼（tà 踏）：白兽门，长安皇城门名。

华①,佳气向金阙②。园陵固有神③,扫洒数不缺④。煌煌太宗业⑤,树立甚宏达⑥。

【翻译】

皇帝即位第二年的秋季,

闰八月初一那一日。

我杜某人将要向北远行,

苍茫中去探问家室。

这时世正遭受艰危,

朝野很少有空闲之日。

想来惭愧只有我蒙受皇恩,

下诏允许我回归蓬荜。

我到宫阙下拜辞,

恐惧不安走了好久还未走出。

虽然缺乏敢于谏诤的姿态,

却总生怕皇上思虑有疏失。

---

① 都人:长安居民。翠华:皇帝的旗帜。 ② 佳气:好气象。金阙:指长安宫殿。 ③ 园陵:指长安郊外唐代历朝先帝陵墓。固:本来。有神:有神灵保佑。 ④ 扫洒:指内官管理保护陵墓。数:礼数,按规定的祭礼。不缺:指全部执行。 ⑤ 煌煌:伟大辉煌。太宗:唐太宗,奠定唐朝强盛基业。 ⑥ 树立:指唐太宗创立建树的功绩。宏达:恢宏发达。

皇上确是中兴的英主，
筹划国策本来就谨慎细密。
东胡叛乱至今还没有平息，
这使臣甫愤恨并关切。
挥泪告别仍恋念行在，
走到路上仍恍恍惚惚。
天下尽是创伤，
我的忧怨何时可完毕！

拖拖沓沓地穿过田间小路，
人烟渺茫一片萧条。
遇见的人许多都带着创伤，
痛苦呻吟创口还流着血。
回头看到凤翔县，
旗帜在傍晚忽明忽灭。
向前登上一重重寒山，
屡屡发现战士饮马的水窟。
到了邠州郊外像走进地底，
泾水在其中奔流荡潏。
猛虎蹲立在我的跟前，
吼啸声震荡山谷苍崖仿佛会崩裂。
今秋菊花开的花朵，

石道上留下古代的车辙。
青云引动起高雅的兴致，
幽居也很可欢悦。
山里野果都很琐细，
到处生长着橡实和山栗。
有的红得像朱砂，
有的黑得像点漆。
凭借雨露的滋润，
不论是甜是苦都一齐结果实。
遥想那世外桃源里边，
更加感慨生世太拙。
在坡陀上遥望鄜州，
山岩山谷交相出没。
我已走到了水边，
我的仆人还在远树的梢末。
鸱鸟在枯桑树上鸣叫，
野鼠乱拱洞穴。
夜深时分我走过战场，
寒冷的月光映照着白骨。
回想起潼关百万大军。
那时候溃败得为何如此仓促。
就使秦中一大半百姓。

被残害成为鬼物！

何况我曾经堕入胡尘，

等到回家已尽是花白头发。

离别了一年回到这茅屋，

妻儿衣裳补成了百结。

放声痛哭激荡起松林回响，

泉流声悲也好像一起在呜咽。

平生所娇养的儿子，

脸色白得赛过白雪。

看见了父亲就转过脸来哭闹，

身上垢腻光脚不穿袜。

床前两个小女孩，

补绽的旧衣裳才遮过两膝。

海图被拆散了波涛，

旧绣移补得曲曲折折。

绣在上面的天吴和紫凤，

颠倒地缝补上短褐。

老夫我情绪恶劣，

又吐又泻躺了好几日。

做官的囊中岂能没有财帛，

怎会救不了你们的寒冷颤抖？

打开包裹取出粉黛，

被褥床帐也稍稍张罗陈列。
瘦妻脸上又见光采，
痴女头发自己梳栉。
学她妈妈没有什么不摆弄，
清早梳妆随手往脸上涂抹。
一会儿涂胭脂一会儿擦粉，
乱七八糟把眉毛涂得那么阔。
我能活着回来看着孩子们，
好像忘记了饥渴。
问我事情抱着拉我胡须，
谁能对他们责怪呼喝？
反而想起困在贼窝的愁苦，
我心甘情愿受他们乱聒。
刚回家要宽慰心意，
生计哪顾得上谈说！

至尊还流亡在外，
几时可以不再训练兵卒？
抬头观看天色改变，
觉得妖气正被清除。
阴风从西北吹来。
惨淡地随着回纥。

回纥的王愿意助顺，
回纥的习俗善于驰突。
送来了战士五千人，
赶来了战马一万匹。
这些兵马还是少用为好，
尽管四方都服他勇决。
所用的回纥兵都像鹰腾，
破敌比箭还要快疾。
皇上颇为虚心期待，
舆论可有点沮丧气夺。
伊洛指掌可收复，
西京更不足攻拔。
官军请求深入，
养精蓄锐正可进发。
这一举可以打开青、徐，
转眼拿下恒山、碣石。
秋天本多霜露，
正气有所肃杀。
祸机转移已到亡胡之年，
局势大定已到擒胡之月。
胡人的命运岂能长久？
皇朝的纲纪本不该断绝。

回想起当时狼狈之初，
事情就跟古代有别。
奸臣终于被诛杀，
同恶的人跟着就被扫荡离析。
没有出现像夏代殷代那样衰亡，
是由于处死了宠妃褒姒和妲己。
像周代汉代那样能再度获得兴盛，
是靠了像宣王、光武那样的明哲。
还有武勇的陈将军，
执行诛讨奋发忠义。
如果没有你大家都完了，
而如今国家依旧能复兴。
凄凉的大同殿，
寂寞的白兽闼。
京城居民盼望着翠华重临，
佳气会再向金阙。
先帝园陵本有神灵，
打扫的礼数不能缺失。
辉煌的太宗文皇帝功业，
建树创立极为宏达。

洗兵马

这首诗题下原注:“收京后作。”至德二年(757)九月,郭子仪收复长安。十月,唐肃宗返长安,杜甫探亲后也随驾扈从。在长安写了这首诗,庆贺胜利,赞扬功臣,切望天下从此太平,人民安居乐业,收兵洗甲,再无战争。洗兵马,即篇末“净洗甲兵长不用”之意。

中兴诸将收山东①，捷书夜报清昼同②。河广传闻一苇过③，胡危命在破竹中④。只残邺城不日得⑤，独任朔方无限功⑥。京师皆骑汗血马⑦，回纥餧肉蒲萄宫⑧。

---

①"中兴"句：至德二年九月至十月间，郭子仪及部将张用济、浑释之等克潼关后，连续收复华阴、弘农、河阳、河内等郡，又收复洛阳，安禄山子庆绪逃奔河北，走保邺城。这句所写即此时形势。中兴诸将：即指郭子仪等将领。山东：华山以东广大地区，主要指今河南、山东、河北等省区。②捷书：报告战争胜利的文书。夜报清昼同：捷书频传，日夜不断。③"河广"句：用《诗经·卫风·河广》"谁谓河广，一苇航之"语意，是说一叶芦苇即可渡过黄河，这里用来比喻官军很快可以渡过黄河。④胡：此时安禄山已被安庆绪所杀，胡指盘踞洛阳的安庆绪。破竹：竹子劈开几节后，顺势立破，极不费力。这里是说安庆绪很快就将被彻底消灭。⑤只残：仅仅残存。邺城：唐代相州治所邺县，今河南安阳市。安庆绪从洛阳逃到邺城。不日得：不多几天即可攻取。⑥独任：单单任用，表示唐肃宗极信任。朔方：指朔方军节度使郭子仪。无限功：放手让郭子仪作战平叛，建立功勋，无所限制。这句既赞扬郭子仪丰功，更颂美唐肃宗用人。⑦汗血马：相传大宛国出良马，肩沫汗作血色，故名。这里指回纥战骑。参看《北征》"阴风西北来"注。⑧回纥：指回纥太子叶护所率协助唐朝平乱的军队。餧：同"喂"。餧肉：肉食招待。蒲萄宫：汉代长安上林苑中宫名，汉元帝曾在此宫招待匈奴单于。这里比喻至德二年十月唐肃宗在宣政殿设宴招待叶护。

已喜皇威清海岱①，常思仙仗过崆峒②。三年笛里《关山月》③，万国兵前草木风④。成王功大心转小⑤，郭相谋深古来少⑥。司徒清鉴悬明镜⑦，尚书气与秋天杳⑧。二三豪俊为时出⑨，整顿乾坤济时了⑩。东走无复忆鲈鱼⑪，

① 皇威：皇帝威德。海岱：同《尚书·禹贡》“海岱惟青州”，地理名称，约指今山东地区。 ② 仙仗：喻皇帝的仪仗。崆峒：山名，在唐陇右道岷州，今甘肃岷县西。仙仗过崆峒：比喻唐肃宗即位灵武，起兵平乱，艰难困苦。 ③ 三年：自唐玄宗天宝十五载(756)到唐肃宗至德三年(758)，共三年。《关山月》：乐府曲题，原是“伤离别”(《乐府解题》)的歌曲。 ④ 万国：当时官军多为蕃汉步骑，而所谓蕃兵包括多种少数民族，所以可称“万国”。 ⑤ 成王：楚王李俶在乾元元年三月改封成王，并改名李豫。功大：李俶从至德元年九月起为天下兵马元帅，与郭子仪一起负责平叛，直到收复长安。心转小：没有居功骄傲，反而更为谨慎。 ⑥ 郭相：称郭子仪。他除任天下兵马副元帅外，从至德二年四月起，先后加衔司空、左仆射、司徒等职，都可称“相”。 ⑦ 司徒：指李光弼，至德二年四月检校司徒，十二月守司空，这里沿称旧职。鉴：照见。清鉴：比喻见识高明。悬明镜：比喻审事确实，执法清正。 ⑧ 尚书：指王思礼，高丽人，这时任兵部尚书。收复长安时，王思礼为后军。气：精神气质。杳：高远开阔。 ⑨ 二三豪杰：指上述英雄人物。为时出：适应时世需要而出来治事。 ⑩ 乾坤：指天下。济时：救济时世免难。了：完毕。 ⑪“东走”句：晋代张翰察觉时势将乱，于是借口秋风起，思念家乡吴中莼羹鲈鱼，就乘车东归。这句反用其事，是说如今天下太平，到江东去不是借口思乡而避乱。

南飞觉有安巢鸟①。青春复随冠冕入②，紫禁正耐烟花绕③。鹤驾通宵凤辇备④，鸡鸣问寝龙楼晓⑤。攀龙附凤势莫当⑥，天下尽化为侯王⑦。汝等岂知蒙帝力⑧，时来

① "南飞"句：曹操《短歌行》说"月明星稀，乌鹊南飞，绕树三匝，无枝可依"，寓意是说天下战乱，士民无家可归。这里也是反用其意，是说如今士民可以回家安居。 ② 青春：春天，此用楚辞《大招》"青春受谢，白日昭只"语意，形容胜利返京带来热烈光明。冠冕：用《风俗通》"黄帝始制冠冕"的典故，指皇帝。一说指百官。 ③ 紫禁：紫禁城，即皇城。耐：受。烟花绕：柳絮纷飞，是暮春景物。 ④ 鹤驾：太子乘车。相传周灵王太子姬晋乘白鹤仙去，后世因以称太子车驾。这里指成王李豫，在乾元元年四月正式立为太子。凤辇：皇帝车驾，唐制御乘有大凤辇。这里指唐肃宗。这句是说成王李豫和唐肃宗都是整夜备好乘车候发。 ⑤ 鸡鸣问寝：古代礼制，太子每天鸡鸣、日中及日暮共三次探问皇帝安好。龙楼：汉代皇宫中的门楼。龙楼晓：汉成帝为太子时，住在桂宫，父皇汉元帝曾急召，他就从龙楼门出。这里承上句用来形容唐肃宗、成王父子二人都急切到唐玄宗住的宫殿问安。长安收复后，李豫便派使者迎接太上皇玄宗，肃宗闻讯便急忙把玄宗迎回长安，他们的用意都很明显。李豫想利用玄宗夺位，肃宗则既怕玄宗复位，又怕李豫夺位。所以杜甫描写他们祖孙三代返回长安后的孝顺和睦，而历来注家往往着眼《春秋》褒贬，因此认为"鹤驾"、"凤辇"都指肃宗，解释纷纭费解。 ⑥ 攀龙附凤：用扬雄《法言·渊骞》"攀龙鳞，附凤翼"语。 ⑦ "天下"句：唐肃宗返京后，把随玄宗入蜀和随自己到凤翔的官员都称功臣。 ⑧ 蒙帝力：依赖皇帝的力量。

不得夸身强①。关中既留萧丞相②，幕下复用张子房③。张公一生江海客④，身长九尺须眉苍⑤。征起适遇风云会⑥，扶颠始知筹策良⑦。青袍白马更何有⑧？后汉今周

① 时来：时运到来。夸身强：夸耀受封由于自己有力。②“关中”句：汉高祖刘邦入关中，据长安，命萧何留守关中，镇抚百姓卒成大业。萧何为汉丞相，后多以官尊称为萧丞相。这里比喻房琯。至德元年八月，唐玄宗派房琯从蜀中奉传国宝及玉册到灵武，传位给肃宗，被留为宰相。按，唐肃宗曾对杜鸿渐说：“灵武吾之关中，卿乃吾萧何也。”因此有学者认为“萧丞相”当指杜鸿渐。③“幕下”句：汉高祖刘邦说过：“运筹帷幄中，决胜千里之外，吾不如子房。”子房是汉高祖功臣谋士张良的字。这里喻指张镐，是唐玄宗派往凤翔辅助肃宗的大臣，至德二年五月代房琯为宰相。按，作诗时，房、张二人都已罢相。这里提出来，有与上四句所写无功受封者对比的用意。④ 张公：指张镐。江海客：指隐士。张镐原为终南山隐士，以布衣拜左拾遗，为官居身清廉，不为荣禄，保持隐居的清高情操。⑤“身长”句：史称张镐“风仪魁岸”，这句实录其仪容。⑥ 征起：指张镐以布衣被征召。风云会：指安禄山乱起。⑦ 扶颠：扶持危局。筹策良：策划国事，见识高明。史载，张镐曾料定史思明投降不实，不可让他掌权；又断定许叔冀为官不忠。后来史思明果然再乱，许叔冀投降史思明。凡此都可见其卓识。⑧ 青袍白马：南朝梁时童谣有“青丝白马寿阳来”语，后来侯景作乱，便乘白马，拉着丝缰绳，以应谣言。这里用来比喻安禄山叛乱。更何有：是说如今不留下什么，即指安禄山死，叛乱消灭。

喜再昌①。寸地尺天皆入贡②，奇祥异瑞争来送③。不知何国致白环④，复道诸山得银瓮⑤。隐士休歌《紫芝曲》⑥，词人解撰《河清颂》⑦。田家望望惜雨干⑧，布谷处处催春种⑨。淇上健儿归莫懒⑩，城南思妇愁多梦⑪。安得壮士挽天河⑫，净洗甲兵长不用⑬。

【翻译】

中兴的将领们收复了山东，

---

① 后汉：指东汉光武帝刘秀中兴汉朝。今周：指周宣王中兴周朝。这里都比喻唐肃宗使唐朝中兴，所以说“喜再昌”。② 寸地尺天：是说天下各地。入贡：向朝廷贡献。③ 奇祥异瑞：古时迷信，把奇异事物的出现，说成吉祥的征兆。这句是说各地为了歌颂肃宗，争着送来各种奇异物事，以示天意吉祥。④ 白环：传说虞舜时，西王母来朝，献白环玉玦。⑤ 银瓮：传说王者宴会不醉，刑罚处置得当，就会出现银瓮，是一种祥瑞。⑥《紫芝曲》：相传秦末隐士商山四皓曾作《紫芝曲》抒写世乱隐逸。⑦ 解：懂。《河清颂》：南朝宋元嘉年间，黄河、济水都清，鲍照上《河清颂》。⑧ 望望：一再盼望。惜：可惜。雨干：天旱不雨。⑨ 布谷：布谷鸟每年谷雨始鸣，夏至停止，鸣声像叫“布谷”，催农民春耕播种。⑩ 淇：淇水，在邺城附近。淇上健儿：指进攻安庆绪的战士，健儿在唐代就指战士。归莫懒：是说赶紧攻下邺城，早点回家。⑪ 城南：古代城市一般以城南为居民区。思妇：战士在家的妻子。⑫ 安得：怎能得到。挽天河：引来天河水。⑬ 甲兵：盔甲和武器。

捷报昼夜向朝廷传送。
黄河虽广听说一叶苇舟便可渡过，
胡命危亡就像在破竹之中。
残留一座邺城不几天就可攻下，
专任朔方军建立了无限勋功。
京城里尽是骑着汗血马的士兵，
回纥兵享受肉食在蒲萄宫。
已经欢庆皇威扫清海岱，
常常想起御驾过往崆峒。
三年来横笛吹奏《关山月》，
在各路大军面前草木都会生风。
成王功劳大了反而更小心，
郭相深谋远虑古来很少。
司徒洞察秋毫恰似悬起明镜，
尚书气质可与秋天比高。
这二三位豪俊都为时而出，
把整顿乾坤救济时世的大事办了。
往东走不再为了想鲈鱼，
往南飞看到有安居巢中的禽鸟。
春天又随皇帝来到长安，
紫禁正好烟花飞绕。
太子乘车通宵待发御驾也齐备，

鸡鸣问寝到龙楼时正天晓。
攀龙附凤气势无人能比拟，
天下变化成那么多侯王。
你们难道不知是依仗皇帝力量？
时运来到不该自夸身强。
关中留下了萧丞相，
幕下又起用了张子房。
张公一生本来志在江海，
身高九尺须眉苍苍。
应召出山恰逢风云际会，
扶持危局方知他策画精良。
“青袍白马”的侯景之流还留下什么？
国家像东周后汉般欢庆再盛昌。
天地间处处都入贡，
奇异的祥瑞争相进送。
不知从哪个国家弄来白环，
又说在那些山里得到银瓮。
隐士们不再歌唱《紫芝曲》，
诗人们懂得撰写《河清颂》。
农民急切盼望不要干旱，
布谷处处鸣叫催促春种。
淇上的健儿赶快归来莫懒散，

城南的思妇忧愁多入梦。
哪里能得到壮士引来天河水，
洗干净甲兵永远不再使用。

新 安 吏

乾元元年(758)六月，杜甫调离长安，出任华州司功参军。十月间离华州官所，过洛阳。在乾元二年初回河南陆浑庄。二月又经洛阳回华州任所。来回路上，经过新安、石壕村、潼关等地。当时，郭子仪等九个节度使围困邺城攻打安庆绪，到三月里在史思明攻击下反而溃败。杜甫就所见闻，写了著名的“三吏”、“三别”。这首《新安吏》讲经过新安看到县吏征募青年从军，杜甫既同情青年离家的痛苦，又劝勉他应为国家出力。题下原注：“收京后作。虽收两京，贼犹充斥。”可见诗人作诗旨意。新安，县名，唐属河南道河南府，即今河南新安。

客行新安道①,喧呼闻点兵②。借问新安吏③:"县小更无丁④?""府帖昨夜下⑤,次选中男行⑥。中男绝短小⑦,何以守王城⑧?"肥男有母送⑨,瘦男独伶俜⑩。白水暮东流⑪,青山犹哭声。"莫自使眼枯⑫,收汝泪纵横⑬。眼枯即见骨,天地终无情⑭!我军取相州⑮,日夕

---

① 客:杜甫自称。 ② 点兵:按户籍册点名抽丁。 ③ 借问:等于说"请问"、"试问"。 ④"县小"句:杜甫问话,意思是难道因为新安县太小,壮丁已经抽光,就抓这些不成丁的青年?按唐初制度,一岁到三岁婴孩为"黄",四岁为"小",十六岁为"中",二十一为"丁",六十为"老"。唐玄宗天宝十三载(754)改为十八岁为中男,二十三岁为成丁。按制只抽成丁服役,所以杜甫提出责问。 ⑤ 帖:文书。 ⑥ 次选:是说没有壮丁,就依次抽中男,即十八到二十三的未成丁青年。行:出征。 ⑦ 绝:极,太。短小:发育未足,身材矮小。 ⑧ 王城:指东都洛阳。 ⑨ 肥男:长得肥壮点的中男。有母送:含意是家中还有大人,所以养育较好。 ⑩ 独伶俜(pīng 乒):孤单一人。由于父母在战乱中去死,无人照料,因而明显瘦弱。 ⑪ 白水:指河水。 ⑫ 眼枯:眼泪哭干。 ⑬ 汝:你们,指参军青年和送行亲人。纵横:泪流不绝。 ⑭"天地"句:意思是说,这一切都是天意使然,无论天或地都不能改变这悲痛安排,终归是无情的。即:即使。 ⑮ 相州:即邺郡,治所安阳,即安庆绪盘踞的邺城,今河南安阳。取相州:指九节度使围邺。

望其平①。岂意贼难料，归军星散营②。就粮近故垒③，练卒依旧京④。掘壕不到水⑤，牧马役亦轻。况乃王师顺⑥，抚养甚分明⑦。送行勿泣血⑧，仆射如父兄⑨。”

【翻译】

旅客行走在新安县的大路上，

闹哄哄地听说在点兵。

---

① 日夕：早晚。平：收复。 ②“岂意”二句：指九节度使军溃败。岂意：哪里想到，出乎意外。贼难料：指史思明贼心难料。他已归唐，但此时又叛变，出精兵五万突击六十万围军，以支援安庆绪，致使官军溃败。归军：官军败归。星散营：形容围困邺城的九路官军营垒分布四散，各归本州。按，这二句杜甫出于维护唐朝和官军，故意含糊其词，只提史思明重叛，不涉官军内部矛盾以及灾荒乏粮而造成的军力不齐、军心不稳等，对溃败惨重也轻描淡写。事实上，当时郭子仪以朔方军切断河阳桥保卫东京洛阳，仅存马匹三千，兵甲十万，以致洛阳士民极为惊恐。 ③ 故垒：指河阳旧有营垒，而且离洛阳不远。 ④ 练卒：练兵。旧京：指洛阳。 ⑤“掘壕”句：表示劳役不重。 ⑥ 王师顺：是说朝廷官军是符合正义的，一切必然顺利。 ⑦ 抚养：爱护士兵。甚分明：意思是一目了然，不必多说。 ⑧ 泣血：形容极其悲伤。 ⑨ 仆射（yè夜）：指郭子仪，至德元年曾一度降职尚书左仆射，尚书省左右仆射本是省的长官，但对郭子仪来讲只是加的虚衔。仆射，这里仍用旧官相称。如父兄：是说郭子仪待士兵如子弟。

请问新安吏：
“是否因为县小再也没有成年男丁？”
“府帖昨天夜里下达，
没有丁男就挨个抽中男出行。
这些征来的中男实在太矮小，
怎能用来守住王城？”
肥壮些的中男还有母亲相送，
瘦弱的可孤苦零丁！
河水日夜东流，
青山还留着哭声。
“不要让眼泪枯干。
收住你泪水纵横。
眼泪枯了要露出骨头，
天地终是那么无情。
我们官军攻取相州，
早晚盼望平定。
哪想到贼势难料，
官军败归星散回营。
去原先营垒就食，
练兵也依凭着旧京。
挖掘壕沟不会深得见水，
放牧军马的劳役也还算轻。

何况王师名正言顺，
抚养战士处理得一一分明。
送别战士不必用血泪，
仆射本像你们的父兄。”

潼关吏

这首诗通过与潼关官吏的问答，抒写对人民劳役的关切和对国家军政的忧虑。九州节度使围邺溃败之后，郭子仪退保洛阳，但观军容使宦官鱼朝恩多所干预。杜甫希望官军能据险防守，不要重蹈哥舒翰仓促应战的覆辙。

士卒何草草①，筑城潼关道。大城铁不如②，小城万丈余。借问潼关吏："修关还备胡③？"要我下马行④，为

---

① 草草：用《诗经·小雅·巷伯》"劳人草草"诗，形容劳役艰辛。 ② 大城：连下句"小城"，都指潼关城堡。 ③ "修关"句：是杜甫明知故问。备胡：指防备史思明军。 ④ 要：通"邀"，邀请。行：步行。

我指山隅:“连云列战格①,飞鸟不能逾②。胡来但自守,岂复忧西都③?丈人视要处④,窄狭容单车⑤。艰难奋长戟⑥,万古用一夫。”哀哉桃林战⑦,百万化为鱼⑧。请嘱防关将,慎勿学哥舒。

【翻译】

士卒多么辛劳,

筑城在潼关要道。

大城比铁还要坚固,

小城也万丈有余。

我请问潼关吏:

“修关还是为了防胡?”

---

① 连云:潼关在山上,形容关高与云相连。战格:等于说“战栅”,指潼关城上堡垒一个个把城墙区分为一格格战栅栏。此下十句是潼关官吏的话。 ② 逾:越过。 ③ 西都:西京长安。 ④ 丈人:长者,对杜甫的尊称。要处:要害的地方。⑤ 单车:一辆车子。 ⑥“艰难”二句:化用张载《剑阁铭》“一夫荷戟,万夫趑趄”语意,形容潼关形势险要,利于防守。长戟:古代一种长武器。 ⑦ 桃林:潼关古称桃林塞。桃林战:即指天宝十五载(755)哥舒翰潼关之败,参见《北征》注释。⑧“百万”句:哥舒翰与安禄山交战在灵宝到潼关之间的西原,北临黄河,战败后,溃军挤死在黄河里的士兵达几万人。百万:形容极多。化为鱼:即指惨死黄河。

关吏邀请我下马，
为我指关山隅：
“连云般排列战栅，
飞鸟也不能越逾。
胡贼来犯只要守住，
哪要担心西都！
您看这要害处，
狭窄只能过单车。
艰难时刻就拿起长戟，
万古守关只用一夫。”
悲哀啊桃林塞那一仗，
百万战士变成了鱼！
请嘱咐守关将领，
千万不要学那哥舒！

石壕吏

这是一首叙事诗，叙述诗人在路过石壕村时，耳闻目睹投宿主人家被官吏抓丁的一场悲剧，深刻真实地反映了当时人民在战争中妻离子散、家破人亡的深重苦难。全诗纯用白描，艺术表现力很强。石壕，乡村名，唐属河南道陕州陕石县，在今河南陕县东南。

暮投石壕村，有吏夜捉人。老翁逾墙走①，老妇出门看②。吏呼一何怒，妇啼一何苦！听妇前致辞："三男邺

① 逾：越过。走：逃跑。 ② 出门看：一作"出看门"。

城戍①。一男附书至②,二男新战死③。存者且偷生④,死者长已矣⑤！室中更无人⑥,惟有乳下孙⑦。有孙母未去⑧,出入无完裙⑨。老妪力虽衰⑩,请从吏夜归⑪。急应河阳役⑫,犹得备晨炊⑬。”夜久语声绝⑭,如闻泣幽咽⑮。天明登前程⑯,独与老翁别。

【翻译】

傍晚投宿在石壕村,

夜里有吏来捉人。

老翁翻墙逃走,

老妇走出门去对应。

吏喊叫的声音何其凶！

老妇啼哭情调何其苦！

---

① 邺城戍:即服役去参加围困邺城之战。 ② 一男:三个儿子中的一个。附书:托人捎信。 ③ 二男:三个儿子中的两个。 ④ 存者:活着的人。 ⑤ 长已矣:永远完了。 ⑥ 室中:家里。 ⑦ 乳下孙:吃奶的孙子。 ⑧“有孙”句:因为有了孙子,所以儿媳妇没有离开这个家。 ⑨ 无完裙:没有一条完整些的外裙,意思是说儿媳衣着破烂,无法见外人。 ⑩ 老妪:老妇自称,等于说“我老婆子”。 ⑪ 请从:请允许我跟从。 ⑫ 河阳役:指郭子仪守河阳需要的劳役。 ⑬ 备晨炊:准备早饭。 ⑭ 语声绝:指老妇对官吏说话声。 ⑮ 泣幽咽:低声哭泣抽咽。 ⑯ 前程:前面的路程。

我听见老妇上前说：
“我三个儿子都去邺城征戍。
一个儿子托人捎了信来，
两个儿子新近战死。
活的暂且偷生，
死的永远逝去。
家里再也没有什么人丁，
只有个吃奶的小孙孙。
因为有孙子儿媳妇未离去，
走进走出没件完整衣裙。
我老妪虽然衰弱，
请让我跟您夜归。
赶紧应付河阳的差役，
还赶得上作早炊。”
入夜已久说话声音消失，
好像听见了低声呜咽。
天亮后我上路前进，
只能和老翁一人告别。

新婚别

这首诗写新婚夫妇在新婚次日早晨即遭征兵的悲惨遭遇，以新婚妻子送别丈夫出征的口吻，抒发心中矛盾痛苦。全诗以情为主，描摹形象，历来脍炙人口。

兔丝附蓬麻，引蔓故不长①。嫁女与征夫②，不如弃

① "兔丝"二句：化用《古诗》"与君为新婚，兔丝附女萝"语意，比喻贫女嫁了穷丈夫。兔丝：即菟丝子，一种蔓生草，茎细长，缠绕在他物上。蓬麻：两种草本植物。兔丝缠绕在草上，势必不行，所以说"引蔓故不长"。蔓：蔓生草的茎，这里用作动词，蔓茎缠绕。 ② 征夫：当兵出征的人。

路旁。结发为妻子①，席不暖君床②。暮婚晨告别③，无乃太匆忙！君行虽不远，守边赴河阳④。妾身未分明⑤，何以拜姑嫜⑥？父母养我时，日夜令我藏⑦。生女有所归⑧，鸡狗亦得将⑨。君今往死地⑩，沉痛迫中肠⑪。誓欲随君去，形势反苍黄⑫。勿为新婚念，努力事戎行⑬。妇人在军中，兵气恐不扬⑭。自嗟贫家女⑮，久致罗襦裳⑯。罗襦不复施⑰，对君洗红妆⑱。仰视百鸟飞，大小必

① 结发：古代男子二十束发成人，女子十五。这句袭用伪苏武诗“结发为夫妻”句。 ②“席不”句：是说连丈夫的床席还没有暖和过来，就要离别。席：床上的席子。君：称丈夫。③ 婚：成婚。 ④ 守边：守卫边防，即指河阳，已见《石壕吏》注。把守河阳说成“守边”，是怨恨讽刺语。 ⑤ 妾：女子自称。身：身份。古代礼俗，新媳妇在新婚次日与丈夫一起拜见公婆，便明确了儿媳的身份（见《仪礼·士昏礼》）。现在还没有拜见公婆，丈夫就被抓走了，所以身份尚未明确。 ⑥ 姑嫜：婆婆、公公，古代称丈夫的父母。 ⑦“日夜”句：不让外人看见，表示父母十分爱护自己。 ⑧ 归：出嫁有了归从。 ⑨ 将：带领。以上二句也是表示父母的爱护。 ⑩ 死地：指战场。 ⑪ 中肠：心中。 ⑫ 形势：指战争形势。苍黄：本指草木青黄变化，引申为反复变化。这句意思是指妇女在军队中，不利作战，即下文所说“妇人在军中，兵气恐不扬”。 ⑬ 事戎行：从事当兵作战。 ⑭ 兵气：士气，战士的精神状态。 ⑮ 嗟：叹息。⑯“久致”句：是说花了许多时间才做成了结婚穿的丝罗衣裳。襦（rú 儒）：短袄。 ⑰ 施：用，穿。 ⑱ 红妆：妇女梳妆。洗红妆：洗掉梳妆，不要美容。

双翔。人事多错迕①，与君永相望！

【翻译】

菟丝子依附在蓬草麻杆上，
蔓茎缠绕本来就不会长。
女儿出嫁给征夫，
还不如把她丢在道路旁。
我结发做了你的妻子，
还没有暖你的席和床。
黄昏结婚早晨就告别，
岂不是太匆忙！
你去的地方虽不远，
只是守边到河阳。
我作儿媳的身份还未分明，
怎么去拜见姑嫜？
我的父母养育我时，
白天黑夜地让我在房里躲藏。
亲生的女儿有了婆家，
家里的鸡狗也都可以送将。
如今你就这样地走向死地，

① 错迕（wǔ 午）：交错违背心愿。

痛苦压在我心肠。
我发誓要跟你一起前往，
怕形势反有苍黄。
你不要为我俩新婚多思念，
你要努力去打仗。
妇人家如果留在军队里，
士气恐怕不会高昂。
我叹息自己是个贫家女子，
花费许久才做得丝罗衣裳。
丝罗衣裳今后不再穿上，
当着你的面洗掉红妆。
抬头看那天空百鸟飞翔，
大大小小都一定成对成双。
人世事情多有差错，
我与你夫妻永远相思相望。

垂老别

这首诗借用一位年近六旬老人的口吻，自叙子孙作战牺牲，愤然投身从军，同仇敌忾，悲壮动人。垂，将近。老，唐制六十为老，参看《新安吏》注释。

四郊未宁静①，垂老不得安②。子孙阵亡尽，焉用身

① 四郊：《礼记·曲礼下》说："四郊多垒，此卿士大夫之辱也。"这句用其意，是说天下还有敌人扰乱。 ②"垂老"句：年近六十，按制度已到不服役的年龄了。

独完①！投杖出门去②，同行为辛酸③。幸有牙齿存④，所悲骨髓干⑤。男儿既介胄⑥，长揖别上官⑦。老妻卧路啼，岁暮衣裳单。孰知是死别⑧，且复伤其寒⑨。此去必不归⑩，还闻劝加餐！土门壁甚坚⑪，杏园度亦难⑫。势异邺城下⑬，纵死时犹宽⑭。人生有离合，岂择衰盛端⑮？忆昔少壮日，迟回竟长叹⑯。万国尽征戍⑰，烽火被岗峦。积尸草木腥，流血川原丹⑱。何乡为乐土⑲？安敢

---

① 焉用：哪里需要。身：自己。独完：唯独保全性命。② 出门：离家从军。 ③ 同行：从军的伙伴。 ④ 牙齿存：表示毕竟不到老年，即俗话所谓"还没有老掉牙"。 ⑤ 骨髓干：骨头僵硬，行动不便。 ⑥ 男儿：老人自称，故作壮语，等于说"男子汉"。既：已经。介胄：甲胄，铠甲和头盔。 ⑦ 长揖：拱手行大礼。古代军士戎装不拜，只是深深作揖，所谓"长揖不拜"。上官：长官。 ⑧ 孰知：通"熟知"，清楚知道；一说作"谁知、怎知"解。 ⑨ 其：指老妻。 ⑩"此去"二句：是说老妻也明知老人此去必不归，但是仍劝丈夫吃饱饭，保重身体。 ⑪ 土门：土门口，即井陉关，在今河北获鹿。壁：壁垒，城关堡垒。 ⑫ 杏园：杏园渡，唐时黄河渡口，在今河北汲县。乾元元年(758)十月，郭子仪军从杏园渡黄河，东至获鹿，追击包围卫州安太清叛军。乾元二年邺城溃败，唐军把守土门、杏园，控制河北。 ⑬ 邺城下：即指乾元二年九节度使围困邺城的溃败，参见《新安吏》题解。 ⑭ 时犹宽：还有些时日。 ⑮ 衰盛端：指人的老年和盛年，一作"衰老端"。 ⑯ 迟回：迟疑徘徊的样子。⑰ 万国：天下各地。 ⑱ 丹：染红。 ⑲ 乐土：安居乐业的乡土。

尚盘桓[1]？弃绝蓬室居[2]，塌然摧肺肝[3]！

【翻译】

四郊还没有平静，

我将近老年也不得心安。

子孙都已阵亡，

何必自身独独保全？

丢掉拐杖出门前去，

伙伴们都为我辛酸。

幸亏我牙齿还留着，

所悲的只是骨髓已干。

男子汉既然穿上甲胄，

就长揖告别长官。

老妻躺在路上啼哭，

岁末冬寒衣裳还单。

我深知这回分离是死别，

却还是要担忧她会着凉受寒。

她明知我一去不回，

---

① 盘桓：徘徊不进，指留恋家乡。 ② 蓬室居：居住的贫陋草屋，指自己的家。 ③ 塌然：垮了的样子。摧肺肝：等于说"伤心肝"，形容痛苦伤心。

却还听见她劝我要多加餐。
土门口城壁很坚固，
杏园渡要渡过也困难。
形势已不同邺城之下，
即便牺牲日子还宽。
人生总有离别有相聚，
在盛年还是老年怎能选择哪一端？
回想从前少壮的时候，
不觉迟疑徘徊而长叹。
如今天下到处都在征战，
战火已遍布到高岗山峦。
堆的尸体使草木血腥，
流的鲜血使原野已丹。
哪里算是乐土？
怎敢还留恋盘桓！
断然抛弃我的蓬草屋，
像垮了一样摧碎肺肝！

无家别

这首诗借用一位回乡战士的口，讲述他的悲惨遭遇。他长久从军，战败回来，本已无家可归。不料县官又派他到本州服兵役。临行出发，无家可别，所以题为《无家别》。

寂寞天宝后①，园庐但蒿藜②。我里百余家③，世乱

---

① 寂寞：用楚辞《远游》"野寂寞其无人"语意形容家乡人民伤亡寥落。天宝后：即指安史乱起之后。 ② 园庐：田园房屋。蒿藜：蓬蒿和蒺藜，泛指野草。 ③ 里：乡里。唐制百户为一里，参看《兵车行》注释。

各东西①。存者无消息②，死者为尘泥。贱子因阵败③，归来寻旧蹊④。久行见空巷，日瘦气惨凄⑤。但对狐与狸，竖毛怒我啼⑥。四邻何所有？一二老寡妻⑦。宿鸟恋本枝⑧，安辞且穷栖⑨。方春独荷锄⑩，日暮还灌畦⑪。县吏知我至⑫，召令习鼓鞞⑬。虽从本州役⑭，内顾无所携⑮。近行止一身，远去终转迷⑯。家乡既荡尽，远近理亦齐⑰。永痛长病母，五年委沟溪⑱。生我不得力⑲，终

① 世乱：即指安史之乱。各东西：各自四处逃亡。 ② 存者：活着的人。 ③ 贱子：这位战士自称。因阵败：当指邺城溃败，屡见前注。 ④ 旧蹊：家乡原来的道路。 ⑤ 日瘦：形容阳光惨淡无力。 ⑥"竖毛"句：狐狸本性怕人，但因荒芜已久，就敢竖起狐狸毛，对人发怒号叫。 ⑦ 老寡妻：丈夫已死的老寡妇。 ⑧ 宿鸟：归栖的鸟。本枝：鸟筑巢的树枝。 ⑨ 安辞：怎能离别。且穷栖：故巢已无，将就住在本枝上。 ⑩ 方春：正值春天。 ⑪ 灌畦（qí 奇）：浇菜园子。 ⑫ 县吏：吏一作令。 ⑬ 鞞（pí 皮）：同"鞞"，骑鼓或军中小鼓。鼓鞞：敲鞞鼓。古代礼俗，鞞鼓声响亮，"动以进众"，所以君子听见敲鞞鼓，"则思将帅之臣"（《礼记·乐记》）。后来用以喻军事。习鼓鞞：指练兵。 ⑭ 州：县的上级行政机构。本州：管辖本县的州。 ⑮ 内顾：看看家里。 ⑯ 终转迷：是说终于不知到哪里去。 ⑰ 理亦齐：情理也就一样了。 ⑱ 委：抛弃。 ⑲ 不得力：不能得到劳力侍候。

身两酸嘶①。人生无家别，何以为蒸黎②！

【翻译】

寂寞天宝之后，

田园房屋都成为蒿子蒺藜。

我乡里一百多户人家，

遭逢战乱各奔东西。

活着的不通消息，

死去的已化为尘泥。

我贱子因为战败，

回来寻找从前的径蹊。

走了好久只见到空巷，

阳光暗淡气氛惨凄。

面对我的只有狐和狸，

一只只竖起毛冲着我怒吼长啼。

周围邻居还有哪些人？

不过是一两位年老的寡妻。

归宿的鸟儿恋念它一向宿过的树枝，

怎能离去家园而不勉强活下去？

---

① 酸嘶：辛酸哀泣。两酸嘶：是说母亲饮恨地下，自己含悲世上。 ② 蒸黎：蒸民黎民，都是人民百姓的意思。

正当春天独自扛锄头下地，
傍晚回家我还要灌浇菜畦。
县吏知道我回来，
召我去演习鼓鼙。
虽然这是到本州服役，
回顾家里已没有东西可带携。
到近处只是一个光身，
到远处终于不知去哪里。
家乡的一切都已经扫荡干净，
远处近处就都是一样的情理。
永远悲痛我久病的老母，
五年前被抛葬在沟溪。
生下我却得不到我的侍养，
这辈子生死两酸嘶。
人生在世没有家可以告别，
凭什么做一个国家的“蒸黎”！

留花门

“花门”本是通往回纥的一个要塞名称，即花门堡，在居延海（在今甘肃）北三百里。由此再向东北一千里，便到回纥衙帐。这里的“花门”便是回纥的代称。“留花门”这首诗是对唐肃宗留用回纥兵的劝谏。至德二年（757）十月，回纥叶护辞别肃宗，但奏称回纥兵留在沙苑，自己回去取战马，再来帮助唐朝平叛。此后，肃宗嫁女给回纥可汗为妻；回纥派骨啜特勒等率三千骑兵参加围困邺城安庆绪；邺城败后，肃宗还设宴赏赐骨啜特勒等。对此杜甫深为忧虑，认为留用回纥是留下隐患，唐肃宗委屈求留并不得体。这首诗写作时间大约在乾元二年（759）。

花门天骄子①，饱肉气勇决②。高秋马肥健③，挟矢射汉月④。自古以为患，诗人厌薄伐⑤。修德使其来⑥，羁縻固不绝⑦。何为倾国至⑧，出入暗金阙⑨。中原有驱除⑩，隐忍用此物⑪。公主歌"黄鹄"，君王指白日⑫。连

---

① 天骄子：汉代称胡人为"天之骄子"，这里指回纥。② 气勇决：气质勇猛好斗。 ③"高秋"句：用《汉书·赵充国传》载赵充国语："秋高马肥，变必起矣。"是说每当秋高马肥时节，胡人往往掠夺骚扰。 ④ 矢：箭。射汉月：喻入侵汉朝，此指唐朝。 ⑤ 诗人：指《诗经》中的诗作者。厌：厌烦。薄伐：用《诗经·小雅·六月》"薄伐猃狁"语，"薄"是语词，"伐"是征伐。厌薄伐：是说胡人入侵不断，因而征伐胡人的战争频仍，令人厌烦。 ⑥ 修德：修行德政。《国语·周语上》说："先王之制，戎翟荒服者，有不王，则修德。"此用其意。其：指胡人。来：归顺。 ⑦ 羁：马络头。縻：套牛绳。羁縻：笼络的意思。 ⑧ 何为：为什么。倾国：举国。倾国至：指回纥叶护率兵五千，后又增兵三千，来兵之多几乎是回纥全国兵马都来了。 ⑨ 暗金阙：形容回纥出入宫廷，使朝廷无光。⑩ 有驱除：指平定史思明乱军。 ⑪ 隐忍：有所不言而忍受。此物：指回纥，有不屑之意。 ⑫"公主"二句：指唐肃宗在乾元元年七月嫁幼女宁国公主与回纥可汗为妻。上句，汉武帝以江东王刘建之女细君为公主，远嫁乌孙，公主哀歌有"愿为黄鹄兮归故乡"语，此因其事。下句，《诗经·王风·大车》："谓予不信，有如皦日。"这里用来比喻唐肃宗为求助回纥而誓盟之事。

云屯左辅①，百里见积雪②。长戟鸟休飞③，哀笳晓幽咽④。田家最恐惧，麦倒桑枝折。沙苑临清渭⑤，泉香草丰洁。渡河不用船，千骑常撇烈⑥。胡尘逾太行⑦，杂种抵京室⑧。花门既须留⑨，原野转萧瑟⑩！

【翻译】

花门是天之骄子，

饱吃肉食性气勇决。

秋高时节战马又肥又健，

拿着箭要来射汉月。

自古以来把他们看作祸患，

---

① 连云：喻回纥兵之多。屯：驻扎。左辅：京畿左近地区，这里指沙苑一带。沙苑，沙苑监，唐冯翊县南，在今陕西大荔南。 ② 见积雪：回纥习俗，衣冠皆白，旗帜也是白色，所以比喻为"积雪"。 ③ 长戟：古代一种长兵器，可刺可砍。长戟鸟休飞：喻兵器精良。 ④ 哀笳：凄厉的胡笳，指回纥军号。晓幽咽：形容回纥兵一早就出动。 ⑤ 清渭：渭水清，故称。沙苑傍渭水北岸。 ⑥ 撇烈：飞快前进。 ⑦ 胡尘：指史思明军。逾：越过。太行：太行山区。乾元二年九月，史思明从范阳发兵攻河南，连下汴州、郑州，攻入洛阳。"逾太行"即指此。
⑧ 杂种：对史思明等叛军的鄙称。《旧唐书》本传即称史思明是"营州、宁夷州突厥杂种"。 ⑨"花门"句：指唐肃宗的旨意。 ⑩ 转萧瑟：比喻形势将发生危机，变得萧条凄凉。

诗人已厌说“薄伐”。
修行德政使他们归顺，
笼络他们本来不曾断绝。
为什么要让他们举国到来，
让他们出入使朝廷失色。
中原需要有所驱除，
隐忍地使用此物。
弄得公主在悲唱“黄鹄”，
皇上还发誓手指白日。
连云般驻屯在左辅，
白衣白旗百里外如见积雪。
长戟举起鸟儿休想飞过，
凄厉的胡笳清早呜咽。
种田人家最觉得恐怖可怕，
踩倒了麦穗还把桑枝弄折。
沙苑临近清清的渭水，
泉水香甜青草多且洁。
渡河从来不用船，
上千骑出动多神速。
胡尘越过了太行山，
杂种已经到了京室。
花门既然必须留下，
原野从此将转为萧瑟！

梦李白二首

杜甫和李白自从天宝四年(745)在兖州分别以后,似乎一直没有联系。至德二年(757)二月,李白投靠的永王李璘兵败身死,李白逃往彭泽,在浔阳被捕入狱,一度释放,随后在乾元元年(758)被判长流夜郎。李白经洞庭,穿三峡,到巫山遇赦,是在乾元二年(759)的春夏之间。这时杜甫正由洛阳回到华州,并不能知道详情,却听到不少传说,甚至可能讹传李白在去夜郎途中堕水而死,使得杜甫非常担忧,连连在夜间梦见李白。这两首诗就是写这种因不知李白生死而产生的疑虑之情。

其　一

死别已吞声①，生别常恻恻②。
江南瘴疠地③，逐客无消息④。
故人入我梦，明我长相忆⑤。
恐非平生魂，路远不可测⑥。
魂来枫林青⑦，魂返关塞黑⑧。
君今在罗网⑨，何以有羽翼？
落月满屋梁，犹疑照颜色⑩。

① 死别：指亲故死去，永远离绝。已：止，通“只”。吞声：形容悲伤很深，忍于心中，有无可奈何之意。 ② 生别：活着离别。恻恻：悲凄的样子。 ③ 瘴疠地：瘴，南方湿热地区流行的疾病。古人误谓有一种瘴气。疠，疾病。这里指李白流放到夜郎等有所谓瘴气的地区。 ④ 逐客：被皇帝放逐的人，此指李白。 ⑤ 明：显明，表明。长：常常。 ⑥ 平生魂：活人的魂，此指李白生魂。因李白生死不知，故杜甫作此语，表示出担忧惊惧的心情。测：估料，推算。 ⑦ 枫林：江南多枫，用枫林写江边景色。出《楚辞·招魂》：“湛湛江水兮上有枫。”这里说李白的魂自江南来。 ⑧ 关塞黑：关塞，指杜甫所在地秦州一带的景物。黑，夜色。 ⑨ 罗网：捕鸟雀的工具，喻监狱。⑩ 颜色：面色，容貌。

水深波浪阔，无使蛟龙得①。

【翻译】

死别只能让人悲伤，
生别又常教人凄恻。
江南那瘴疠的地方，
放逐到那里的人久久无消息。
忽然一夜故人在我的梦中出现，
说明我是多么深切地把你思忆。
只怕并非老友的生魂前来探询，
漫长的道路高深莫测！
魂来时经过枫林青青，
魂去时关塞暗黑。
你本在罗网之中，
怎么会生长了羽翼？
西斜的月光满照屋梁，
还疑心是照见你的脸色。
江水既深波浪又阔，
千万不要被蛟龙所得！

---

①“水深”二句：因为李白在江南的政治境遇很险恶，随时有生命之危，又因江南多江湖，所以这里用“水深波浪阔”、“蛟龙”作比喻，有虚实双关之意，要李白多多保重，切莫出现意外。

其　二

浮云终日行，游子久不至①。
三夜频梦君，情亲见君意②。
告归常局促③，苦道来不易④。
江湖多风波，舟楫恐失坠⑤。
出门搔白首，若负平生志⑥。
冠盖满京华⑦，斯人独顦顇⑧。
孰云网恢恢⑨，将老身反累⑩。
千秋万岁名，寂寞身后事。

---

①“浮云”二句：化用古诗“浮云蔽白日，游子不顾返”。这里“游子”指李白。 ②意：具体内容即下文所述“若负平生志”、“将老身反累”等。或说“见君意”即谓“情亲”，解为“足见你对我的情亲”，似未切诗意。 ③告归：指梦到李白告辞归去。局促：匆忙短促。 ④苦道：苦苦地诉说。 ⑤“江湖”二句：语带双关，既是说从江南到秦州多水路多风波，又比喻李白的政治处境险恶。 ⑥若负：一作“苦负”。 ⑦冠盖：士大夫的服饰和车驾。代指高官显贵。 ⑧斯人：此人，指李白。独：仅，只。顦顇：即憔悴，落魄困顿之状。 ⑨孰云：谁说。网恢恢：出《老子》：“天网恢恢，疏而不失。”形容天网广大，虽然稀疏，却不会漏掉大善大恶，喻天道公正。这句是反用其意。恢恢，广大。 ⑩将老：这时李白已近六十岁。故说“将老。”身反累：指李白因李璘事被系狱流放的遭遇。

【翻译】

浮云整天飘行，
游子久久不至。
接连三夜梦见你，
亲热之情显露出你的心意。
你告辞归去总那么局促，
还苦说前来多么不容易。
江湖又常常起风波，
舟楫唯恐会失坠。
你出门搔着白发，
好似哀叹辜负了平生壮志。
京城里尽是达官显贵，
只剩得你落魄憔悴。
谁说天网恢恢，
你将老却反遭累？
千年万岁的声名，
那只是身后之事。

天末怀李白

这首诗通常都认为是和《梦李白二首》同时之作，但诗的内容已与《梦李白二首》之多惊忧不同，疑或是稍后之作。“天末”，只是天尽头的意思，杜甫当时未必详知李白所在，不必实指。

凉风起天末，君子意如何①？
鸿雁几时到②？江湖秋水多③。

---

① “凉风”二句：化用陆机《为顾彦先妇赠诗》：“佳人眇天末，还期不可寻。”言外有“我知道你是不会来的，但我很想知道你的近况”之意。君子：指李白。 ② 鸿雁：比喻传递音信。 ③ “江湖”句：李白所在的江南地区多江湖，“秋水多”有“风波多”之意，比喻李白的政治处境多坎坷。

文章憎命达①，魑魅喜人过②。

应共冤魂语，投诗赠汨罗③。

【翻译】

凉风从天边刮起，

君子你意想如何？

鸿雁几时能到？

江湖风波仍多。

有文章的人老是命运蹭蹬，

还有那魑魅偏喜欢人有过错。

想来你只好和冤死的屈原谈谈，

像贾谊那样把你的诗篇投赠汨罗。

---

① 憎：憎恶。命达：谓命运亨通。 ② 魑：兽形的山神。魅：怪物。二字连用，总指害人的怪物。 ③ 冤魂：指屈原的魂。汨罗：汨罗江，在今湖南湘阴东北，是屈原自沉处。汉代贾谊贬官，曾在这里投赋凭吊。这是设想李白的举动和处境，他在当时的环境里，恐怕只能得到冤死的屈原的理解。

乾元中寓居同谷县作歌七首（选二）

乾元二年(759)，杜甫在秦州住了约四个月，生活困难，有人邀他去同谷(今甘肃成县)。他听说同谷附近有栗亭，有良田产薯蓣，有竹林产冬笋，又可养蜂，于是决定在十月间前往。然而到了同谷，生活反更困难，寒冬腊月要在野地里拾橡栗挖黄独维持生活，终于在十二月一日又带全家到成都谋生。这七首诗就是当时生活的纪实。这里选的是第一、二首。

其　一

有客有客字子美①，白头乱发垂过耳。

岁拾橡栗随狙公②，天寒日暮山谷里。

中原无书归不得，手脚冻皴皮肉死③。

呜呼一歌兮歌已哀，悲风为我从天来。

【翻译】

有个客居的人啊字叫子美，

乱糟糟的白头发垂过两耳。

到年关随猴子拾橡栗，

大冷天到傍晚还在山谷里。

中原没有音信回家不得，

手脚冻裂皮肉也僵死。

唉！第一遍歌啊歌唱得已够悲凉，

悲风为我从天上吹来。

---

① 客：杜甫自称。因是客居同谷，所以这样称呼自己。子美：杜甫的字。 ② 狙（jū，音居）：猕猴。 ③ 皴（cūn 村）：皮肤受冻裂开。皮肉死：皮肉冻得失去感觉。

其　二

长镵长镵白木柄①，我生托子以为命②。
黄精无苗山雪盛③，短衣数挽不掩胫④。
此时与子空归来，男呻女吟四壁静。
呜呼二歌兮歌始放，闾里为我色惆怅⑤。

【翻译】

长镵啊长镵安着白木柄，
我们全家就靠着你维持活命。
黄独找不到苗山雪太盛，
短衣扯了又扯还遮不住脚胫。
这时我和你空手回来，
全家呻吟四壁寂静。
唉！第二遍歌啊刚刚唱出声，
街坊邻居都为我流露惆怅之情。

---

① 镵(chán 缠)：一种掘土工具，柄长三尺左右，又叫长镵，样子类似今天的铁铣。 ② 子：你，这里用来称呼“长镵”。这时杜甫一家全靠挖些黄独等充饥，挖不到就只能挨饿。 ③ 黄精：应作“黄独”。是一种野生植物，类似山芋，肉白皮黄，又叫土芋，可以蒸食。 ④ 数(shuò 朔)：屡次。挽：拉。胫：膝以下到脚踵叫胫。 ⑤ 闾(lǘ 吕)里：一作“邻里”，即指街坊邻居。

蜀相

乾元二年(759)十二月，杜甫离开同谷赴成都，月底到达。第二年，即上元元年(760)依靠朋友的帮助，在城西三里的浣花溪边觅得一亩地基，修建了草堂，开始在蜀中较长期的定居生活，《蜀相》就是在这年春天游成都的武侯祠时所写。

丞相祠堂何处寻①？锦官城外柏森森②。

---

① 丞相祠堂：即成都武侯祠。 ② 锦官城：成都的别名。又称锦城、锦里。森森：这里形容柏树枝叶舒展繁茂。武侯祠里松柏很多。

映阶碧草自春色，隔叶黄鹂空好音①。

三顾频繁天下计②，两朝开济老臣心③。

出师未捷身先死，长使英雄泪满襟④。

【翻译】

丞相的祠堂该向何处找寻？

锦官城外柏树深深。

相映阶前的绿草自呈春色，

相隔树叶的黄鹂空作好音。

三顾频繁筹画天下大计，

---

①“映阶”二句：以景渲情，说庙内景致很好，可是我来是为了凭吊古人，无心赏玩，所以碧草只能任它“自为”春色，黄鹂也只是“空作”好音了。体现出诗人对诸葛亮的推崇。 ②三顾：诸葛亮住在隆中时，刘备曾三次到他居处请他出来共图天下。频繁：屡次烦劳。繁一作烦。天下计：图谋天下的计策。 ③两朝：刘备死后，诸葛亮应刘备之托，又辅佐他的儿子刘禅图谋帝业。开济：开创大业、济世扶危之意，这里指辅佐蜀汉统一天下的事业。老臣：指诸葛亮。 ④“出师”二句：《三国志·蜀志·诸葛亮传》说，建兴十二年(234)春天，诸葛亮率大军据武功五丈原，与司马懿对垒，病死军中。但诗的含意，还有指诸葛亮“开济”大业终于没有成功的意思。英雄：指后世有“开基济物”大志的人，也是作者自叹。

两朝开济显出老臣丹心。
只是出师未捷身先死去，
永远使英雄们泪下沾襟。

春夜喜雨

上元二年(761),杜甫在成都草堂已居住一年,生活稍见安定,心情也较舒畅。本诗约作于这年春天。通过对春夜这一场及时细雨滋润自然万物的体察,显露出他热爱生活、热爱人民的博大胸襟。

好雨知时节,当春乃发生①。
随风潜入夜,润物细无声②。

---

① “好雨”二句:用拟人化的笔法,写春雨仿佛知道时令节气,体会万物的需要而特意降临,表露了诗人亲切和喜悦的情态。 ② “随风”二句:也是拟人化写法,赞美春雨的爱惜万物、体贴世人,也体现了诗人的胸襟。

野径云俱黑，江船火独明。

晓看红湿处①，花重锦官城②。

【翻译】

好雨来得像是知道适应时节，

正当春日万物在萌生。

伴着风在夜间悄悄地下着，

滋润万物而轻细无声。

野路上笼罩着黑云，

只有江船上夜火独明。

清晨遥望那湿湿的红色花朵，

繁花点缀了美丽的锦官城。

---

① 红：花色，这里指花朵。湿：指花朵沾满了雨水。 ② 重：形容花朵饱含水分的样子，同时也有“增多”、“厚实”之意，所以也暗示着春雨过后花的茁壮繁荣。锦官城：指成都。

茅屋为秋风所破歌

这首诗作于上元二年(761)八月，写大风将草堂上的茅草刮跑，由此想到天下寒士的痛苦，表现了诗人博大仁爱的胸怀。

八月秋高风怒号，卷我屋上三重茅。茅飞渡江洒江郊①。高者挂罥长林梢②，下者飘转沉塘坳③。南村群童欺我老无力，忍能对面为盗贼④！公然抱茅入竹去⑤，唇焦口燥呼不得⑥。归来倚杖自叹息。俄顷风定云墨色⑦，

---

① 江郊：江畔田野。 ② 挂罥(juàn 倦)：挂结，挂勾。 ③ 坳(ào 傲)：低洼地。 ④ 忍能：竟忍心如此。能，是“这样”的意思。对面：当着杜甫的面。 ⑤ 公然：唐人口语，公开地、明目张胆地。 ⑥ 呼不得：叫不住。 ⑦ 俄顷：不久，过了一会儿。

秋天漠漠向昏黑。布衾多年冷似铁[1]，娇儿恶卧踏里裂[2]。床头屋漏无干处，雨脚如麻未断绝[3]。自经丧乱少睡眠[4]，长夜沾湿何由彻[5]。安得广厦千万间[6]，大庇天下寒士俱欢颜[7]。风雨不动安如山！呜呼！何时眼前突兀见此屋[8]？吾庐独破受冻死亦足！

【翻译】

八月里秋高狂风呼啸，
卷去我屋顶上三层茅草。
茅草随风飞过江洒在江郊，
高的挂勾在树梢，
低的飘沉进塘坳。
南村的儿童们欺负我年老无气力，
忍心当面为盗贼。
公然把茅草抱进竹林去，

---

① 布衾：布被。 ② 恶卧：睡时不安稳，睡相不好。踏里裂：睡时蹬踢，使被里破裂。 ③ 雨脚：形容漏入屋中的雨，好像雨水伸脚入屋，是形象的说法。如麻：形容雨水四溅细密的样子。 ④ 自经丧乱：指从安史之乱到这一年。少睡眠：指杜甫因忧心国事、逃难漂泊，加上年老多病，常常失眠。 ⑤ 彻：到头。 ⑥ 广厦：高大的房屋。 ⑦ 庇：覆蔽，这里指遮风挡雨。⑧ 突兀：高耸的样子。

唇焦口干还是呼叫不得。
回来拄着拐杖独自叹息。
一会儿风定云又变成墨色，
秋天漠漠地转向昏黑。
布被盖了多年冰冷如铁，
娇儿没有睡相蹬得被里破裂。
床头漏雨漏到没有干处，
雨脚像麻线还不断绝。
自从丧乱以来我很少安眠，
湿漉漉的茫茫长夜如何度过?
怎能得到广厦千万间，
为天下的寒士们遮风挡雨大家都有欢颜，
风雨不动安稳如山!
唉! 什么时候眼前高耸出现这高大的房屋?
我的草堂独破受冻死了也满足!

不　　见

这首诗大约作于肃宗上元二年(761),题下自注:“近无李白消息。”可能是得到郑虔在台州的消息后,引起对李白的思念而写的。次年即代宗宝应元年(762)李白就去世,所以诗也应是杜甫怀念李白的最后之作。“不见”是截取首句二字为题目。

不见李生久①,佯狂真可哀②。

---

① 李生:即李白。 ② 佯狂:假作狂人。这里指李白的脱略形迹,傲岸不羁。在当时世人看来是不谙世事;杜甫深知李白对时世的认识其实是清醒的,也有治世的才干和抱负,却不为世俗所理解。李白自永王李璘事件以后,更不为世所容,因而只得更加脱略放纵来排遣愁闷,所以说“佯狂真可哀”。

世人皆欲杀，吾意独怜才①。

敏捷诗千首，飘零酒一杯。

匡山读书处②，头白好归来。

【翻译】

没有见到李白已经好久，

他佯为狂放真令人悲哀。

世上那些人都要杀他，

只有我怜惜他是个人才。

文思敏捷下笔成诗千首，

飘零无依消愁唯酒一杯。

匡山有你读书旧居，

头发白了应该归来。

---

①“世人”二句：永王李璘事件，实质是肃宗和李璘争夺皇位的斗争。李璘败死以后，维护肃宗的权臣、趋炎附势的俗士，都不辨黑白地把李白看成叛逆、狂徒，欲除之而甘心；只有杜甫了解怜惜李白的才华。“独”有表示“不与世俗相同”的含意，所以句中的“才”，也就不仅指诗才，而包含了更为深广的内容。 ② 匡山：一说以为是四川彰明的大匡山，见《唐诗纪事》、《九家集注杜诗》；一说以为是指今江西九江的庐山，一名匡庐，又称匡山，黄鹤、王嗣奭、仇兆鳌等持此说。二说均以传闻为据，都非确证。只是就诗情来看，此时杜甫正在蜀中，颇有招李白归来的意思，所以前说较为合理。

枯　棕

这首诗也作于上元二年(761)。杜甫一年多来苦心经营草堂,灌园种树,感慨那些遭受病害的树木,写出了《病柏》、《病橘》、《枯楠》、《枯棕》等作品。这首《枯棕》是看见被刀斧斫伐而死的棕树,联想起人民遭受官府的残酷剥削。棕即棕榈树,又叫栟榈,常绿乔木,喜暖地,木材可制床柱和小器具,棕毛可以制绳、帚等。诗中“其皮割剥甚”即指剥棕毛而言。

蜀门多棕榈①,高者十八九②。其皮割剥甚③,虽众亦易朽④。徒布如云叶⑤,青青岁寒后⑥。交横集斧斤⑦,凋丧先蒲柳⑧。伤时苦军乏⑨,一物官尽取⑩。嗟尔江汉人⑪,生成复何有⑫?有同枯棕木,使我沉叹久。死者即已休,生者何自守?啾啾黄雀啄⑬,侧见寒蓬走⑭。念尔形影干⑮,摧残没藜莠⑯。

【翻译】

成都长着许多棕榈,

高的十有八九。

---

① 蜀门:犹蜀中,此指成都。 ② 十八九:十之八九。 ③ 甚:过分。 ④ 众:多,指棕树生长得很多。 ⑤ 徒:徒然地。布:张开,布列。如云叶:棕树无枝,叶很大,张开像阵阵云影。 ⑥"青青"句:指棕叶常绿,冬天也不凋落。"岁寒后",本自《论语》:"岁寒然后知松柏之后凋。"这里是说棕榈白白具备了经冬不凋的常绿素质。 ⑦ 交横:纵横交加。斤:斫木的斧子。 ⑧ 先:先于。蒲柳:水杨树,又叫蒲杨,生长水边,落叶较早。 ⑨ 军乏:军需缺乏。 ⑩"一物"句:字面指棕榈这一物,实际是泛指,说凡是一点有用的物资都被官府取走。 ⑪ 嗟:叹词。尔:你们。江汉人:这里指蜀中人民。 ⑫ 生成:土地上生长成熟的作物。 ⑬ 啾啾:雀叫声。啄:一作"啅",雀噪声。 ⑭ 侧见:侧目看见,有不屑之意。寒蓬:飞蓬。 ⑮ 尔:指枯棕,寓蜀中人民。"形影干"一作"枯形影",义同。 ⑯ 藜莠:都是一年生草名,泛指野草。

树皮被割剥得过火，
就算树多也易于枯朽。
徒然铺开如云的绿叶，
能够青葱在严冬之后。
只因斧斤纵横交集，
凋丧反而先于蒲柳。
伤时悯世苦于军用匮乏，
一点东西也被官府搜走。
叹息你江汉之人，
生长的哪样还归你们所有？
你们就像那枯死的棕榈，
让我沉重叹息好久。
死去了的就算万事全休，
活着的该怎么自守？
啾啾的黄雀在树上啄棕毛，
侧目一瞥已如寒蓬散走。
想着你形影干枯，
受摧残埋没在藜莠。

闻官军收河南河北

代宗广德元年(763),杜甫在梓州(今四川三台)。这年春天,安史党羽伪范阳守李怀仙斩史朝义请降,乱事宣告平定。诗人闻讯狂喜,写下这生平第一首快诗。

剑外忽传收蓟北①,初闻涕泪满衣裳。
却看妻子愁何在②,漫卷诗书喜欲狂③。

---

① 剑外:唐人称剑阁以南蜀中地区为剑外。蓟北:唐蓟州当今北京市地区。收蓟北,指当时史朝义部将田承嗣以莫州(今河北任丘)降,李怀仙以幽州降。 ② 却看:回头看。 ③ 漫卷:胡乱卷起。

白日放歌须纵酒①，青春作伴好还乡②。
即从巴峡穿巫峡③，便下襄阳向洛阳。

【翻译】

剑外忽然传闻收复了蓟北，
乍一听涕泪流满衣裳。
回看妻子哪里还有愁容？
胡乱卷起诗书欢喜得快要发狂。
白日放歌应当开怀痛饮，
春天作伴好同我回到故乡。
即刻乘船就从巴峡穿过巫峡，
顺流而下直到襄阳转向洛阳。

① 白日：一作“白首”。放歌：放声歌唱。 ② 青春：指春天。 ③“即从”二句：在想象中拟定回乡路线，沿长江从巴东三峡（即瞿塘峡、巫峡、西陵峡）穿过巫峡出四川、重庆到湖北，再从湖北襄阳转陆路向东京洛阳进发，显示出诗人的急切心情。

宿　　府

广德二年(764),杜甫在阆州,本拟离蜀出峡,听说严武重任成都尹兼西川节度使,决定回成都等待严武。严武到成都后,荐杜甫为节度参谋、检校工部员外郎,赐绯鱼袋。世称杜甫为"工部",即指此次所任官职。这首诗即作于此时,"宿府"即宿于严武幕府。

清秋幕府井梧寒①,独宿江城蜡炬残②。

① 幕府:古代因军旅无固定驻所,将帅以帐幕为府署,故称将帅府署为幕府。这里指西川节度使严武的府署。 ② 江城:指成都。

永夜角声悲自语①,中天月色好谁看②。

风尘荏苒音书绝③,关塞萧条行路难④。

已忍伶俜十年事⑤,强移栖息一枝安⑥。

【翻译】

清秋幕府里井边梧桐寒,

独宿在江城蜡炬渐残。

长夜中号角声好似含悲自语,

天空中月光如水谁来观看?

风尘荏苒音书断绝,

关塞萧条行路艰难。

已经忍受了有十年之久的困苦,

勉强在这里栖息一枝图安。

---

① 永夜:长夜,彻夜。角声:军中号角,又称画角。 ② 中天:高空中。 ③ 荏苒(rěn rǎn 忍冉):渐进,这里指时间渐渐消逝。 ④ 行路难:兼用乐府古题《行路难》旨意,《乐府古题要解》:“行路难,毕言世路艰难及离别伤悲之意。” ⑤ 伶俜(líng pīng,零乒):困苦的样子。 ⑥ 强(qiǎng 抢)移:勉强迁就。栖息一枝安:《庄子·逍遥游》:“鹪鹩巢于深林,不过一枝。”这里表示自己就职幕府的勉强之意。

登　楼

本篇约作于广德二年(764)重返成都时(参看《宿府》题解),是登楼慨叹时政而写的诗篇。

花近高楼伤客心①,万方多难此登临②。
锦江春色来天地③,玉垒浮云变古今④。
北极朝廷终不改⑤,西山寇盗莫相侵⑥。

---

① 客:杜甫自称。 ② 万方:四面八方,极言其广。 ③ 锦江:岷江支流,在四川成都市南。传说古人织锦濯江中,颜色较他水鲜明,故名。 ④ 玉垒:山名,在四川灌县西北。 ⑤ 北极:北极星。古人认为北极星是固定不动的,这里比喻李唐朝廷。 ⑥ 西山寇盗:指吐蕃。广德元年至二年,吐蕃屡犯唐朝,曾攻破长安,后又攻陷四川的松、维、保三州及剑南的西山诸州。

可怜后主还祠庙①，日暮聊为《梁父吟》②。

【翻译】

繁花开在高楼附近使游客伤心，
到处多灾难我还能在此登临。
锦江的春色来自天地，
玉垒的浮云变幻古今。
朝廷如北极星永不会改变，
西山的寇盗且莫要侵凌。
可怪的是蜀汉后主反而有祠庙，
黄昏时我只得吟诵那《梁甫吟》。

---

① 后主：三国时蜀汉后主刘禅。成都西郊曾有后主祠。② 梁父吟：即《梁甫吟》，汉乐府楚调曲名，三国时诸葛亮躬耕南阳，好为《梁甫吟》。这里是感叹朝廷多难，却没有诸葛亮这样的人出来匡扶。

旅夜书怀

代宗永泰元年(765)四月严武去世,杜甫失去依靠,五月中便携家离开定居五年的成都草堂,一路上经戎州(今四川宜宾)、渝州(今重庆)、忠州(今忠县),约在中秋以后,继续乘舟下云安(今云阳县),旅途中写下这首诗,对自己漂泊一生、怀才不遇,极为感慨。

细草微风岸,危樯独夜舟①。
星垂平野阔②,月涌大江流。

① 危樯:高高的桅杆。 ② 星垂:此指星光点点闪烁。

名岂文章著？官应老病休①。

飘飘何所似②，天地一沙鸥。

【翻译】

微风吹拂岸边的细草，

高高桅杆下夜晚停泊着孤舟。

星光密密垂下原野更显得广阔，

月色照耀大江江水不停地奔流。

声名岂是文章可以彰著？

作官则早应考虑老病而退休。

一生飘飘究竟像个什么？

不过是天地之间一只沙鸥！

---

①“名岂”二句：上句说怀有经国济世的大志，所以不以文章得名为意；下句说罢官是因为老病，是因愤慨而故作反语。“应”一作“因”。 ② 飘飘：一作“飘零”。

负 薪 行

这首诗是写夔州女多男少的情况，以致妇女既要担负家庭经济，又往往到老不能出嫁。这大概是杜甫初到夔州时（大历元年，公元 766 年）的作品。负薪就是背柴，是夔州妇女谋生的手段，《负薪行》是即事名篇的一首新乐府。

夔州处女发半华①，四十五十无夫家。
更遭丧乱嫁不售②，一生抱恨长咨嗟③。

① 华：即“花”，指头发花白。 ② 嫁不售：嫁不出去。因为连年战乱，男子多死亡。 ③ 咨嗟：悲伤叹息。

土风坐男使女立①，应当门户女出入②。

十有八九负薪归，卖薪得钱应供给③。

至老双鬟只垂颈④，野花山叶银钗并。

筋力登危集市门⑤，死生射利兼盐井⑥。

面妆首饰杂啼痕，地褊衣寒困石根⑦。

若道巫山女粗丑⑧，何得此有昭君村⑨？

【翻译】

夔州的处女头发已半花，

四十岁五十岁还没有夫家。

再遇上连年战乱更加嫁不出去，

一辈子抱恨永远叹嗟。

当地的风俗让男的闲坐叫女的出力，

主持门户都由女的在出入。

---

① 土风：当地风俗习惯。坐男：男子居家闲坐。女立：女子当家立业。 ② 应当：应对接待，应付、撑持。 ③ 应供给：承应供养一家生活和各种赋税。 ④ 鬟：未嫁女子的发式。因未出嫁，到老也不能改梳已婚女子的发式。 ⑤ 筋力：筋肉坚实有力，这里指用尽气力。危：高山。 ⑥ 射利：赚钱。 ⑦ 地褊：土地狭小，这里似指可耕地很少。石根：指山脚下。夔州多山，所以这样说。 ⑧ 巫山：借指夔州。 ⑨ 昭君村：夔州与归州接壤，归州（今湖北秭归）东北四十里，相传有汉代王昭君生长的村子。这里概指这一地区。此，一作“北”。

十有八九背了柴回家，
把柴卖了钱来支应供给。
到老还是梳了双鬟垂到颈，
野花山叶还有银钗交相并。
筋疲力尽登山打柴还得上集市，
不顾死活去图利还得上盐井。
面上妆扮头上梳饰夹杂了啼痕，
地方偏僻衣裳单薄困顿在山根。
如果说巫山女子太粗丑，
那为何此地有个昭君村？

又呈吴郎

大历二年(767),杜甫仍居夔州。年初,夔州都督柏茂琳送他瀼西柑林四十亩,他又租到官府的草屋数间,于是在暮春迁居瀼西草堂。同时,他又在东屯租了一些公田雇人耕种。这年秋天,他为了料理农务,迁居东屯,恰好他的一位姻亲忠州司法参军吴某来夔州,杜甫就把瀼西草堂借给吴某寓居,自己留居东屯。为此,杜甫曾以诗代信写过一首《简吴郎司法》。当时瀼西草堂的西邻是一位孤苦的妇人,常来草堂前打枣充饥,杜甫从不阻拦。吴某来后,拟插篱护圃。杜甫知道后,便又写本诗以代书,阻止这一举动,故题作《又呈吴郎》。“吴郎”即忠州司法参军吴某;“郎”是对年轻人表示亲切的称呼。

堂前扑枣任西邻①,无食无儿一妇人。
不为困穷宁有此②,只缘恐惧转须亲③。
即防远客虽多事,便插疏篱却甚真④。
已诉征求贫到骨⑤,正思戎马泪盈巾⑥。

【翻译】

在堂前打枣应该听任那位西邻,
这是无食无儿的一个妇人。
要不是由于穷困怎会这么做,
因为她心里害怕我们反更应对她亲近。
如果她提防着你这位远客虽属多事,

① 堂:即瀼西草堂。扑枣:打枣。任:听任。 ② 宁:怎么。有此:有这种打枣的行为。 ③ 只缘:只因。 ④“即防”二句:委婉地批评、阻止吴郎插篱护圃。上句说如果妇人有所戒备,疑心你不让她打枣,固然是她多心生事;下句说可是你立即插下篱笆,总未免令人感到你真有此心。言外之意是说吴郎插篱总不免有拒绝妇人打枣的用心在内。甚,一作“任”。远客:指吴郎。 ⑤ 征求:收敛求取,指徭役赋税。贫到骨:形容贫困已极。 ⑥ 戎马:指战争。

但你插了一道篱笆却过于认真。
她已在诉说被赋税徭役盘剥到了只剩下一副骨架，
我们也想到兵荒马乱就眼泪湿透衣巾。

秋 兴 八 首

大历元年(766),杜甫在云安养病半年,然后迁到夔州,即今四川奉节。他在夔州仍经常卧病在床,这《秋兴八首》就是在这时写的一组七律。这组诗以身在夔州而心念长安为中心题材,八诗均可独立,同时又可合为一个有机整体。"秋兴"是在秋天写作遣兴的意思。

其 一

写夔州秋色和羁旅的伤感。作为"秋兴"的发端。

玉露凋伤枫树林①,巫山巫峡气萧森②。

江间波浪兼天涌③,塞上风云接地阴④。

丛菊两开他日泪⑤,孤舟一系故园心。

寒衣处处催刀尺⑥,白帝城高急暮砧⑦。

【翻译】

秋天的寒露凋伤了枫树林,

巫山巫峡气象萧瑟阴森。

江间的波浪连天涌起,

塞上的风云接地阴沉。

丛菊两度开放忆往昔感伤落泪,

孤舟系在江岸像系住我思念故园之心。

赶制寒衣家家在动用刀尺,

---

① 玉露:白露。凋:残,摧折。枫树林:《楚辞·招魂》:“湛湛江水兮上有枫,目极千里兮伤春心。”阮籍《咏怀》:“湛湛长江水,上有枫树林。”此用其意,说长江沿岸繁茂的树木在秋天里凋零。 ② 气萧森:气象萧瑟阴森。 ③ 兼天涌:指波浪汹涌连天。 ④ “塞上”句:塞上,边关,这里指夔州一带。这句说夔州地势高远,似乎上接风云,入秋后更觉阴森。或说“风云”指战争的风云。供参考。 ⑤ 两开:两次开放,重又开放。 ⑥ 刀尺:剪刀和尺,裁衣工具。 ⑦ 白帝城:在夔州,今重庆奉节东白帝山上,三国时为蜀汉防吴要地。砧:捣衣之具。

白帝城高处听到夜晚捣衣的砧声。

其　二

写在夔州日夜思念长安的心情。

夔府孤城落日斜①，每依北斗望京华。
听猿实下三声泪②，奉使虚随八月槎③。
画省香炉违伏枕④，山楼粉堞隐悲笳⑤。
请看石上藤萝月，已映洲前芦荻花。

① 夔府：即夔州。 ②“听猿”句：《水经注·江水》引巴东渔人歌：“巴东三峡巫峡长，猿鸣三声泪沾裳。”现在身历其境才知道这是实情，所以说“实下泪”。全句是“听猿三声实下泪”的倒装。 ③“奉使”：奉行朝廷使命。虚随：白白地随行一场。槎：木筏。古代传说海通天河，年年八月有浮槎来去不失期，海边有人登槎而至天河。又《癸辛杂识》前集引《博物志》，汉武帝命张骞穷探河源，张骞乘船至牵牛、织女处而返。这里化用故事，以张骞比严武，说张骞尚能回朝复命，而严武为节度使，曾奏请任杜甫为尚书省工部员外郎，杜甫却未能随他回京供职。 ④ 画省：指尚书省。香炉：省中供具。违：离。伏枕：卧病。 ⑤ 山楼：山城的城楼，可能是指白帝城楼。粉：白色。堞：城上女墙。隐：隐没。

【翻译】

夔州孤城夕阳西斜，
常借天上的北斗星来遥望京华。
听猿哀鸣愁思泪下，
奉使虚随八月浮槎。
没能在画省里薰香卧病，
只能听到山城粉墙隐没于暮夜时的鸣笳。
请看笼罩石上藤萝的月光移转，
已映到洲前的芦荻花。

其　三

写在夔州生活平静而无聊，慨叹自己有志而不遇以及愤懑“同学”无才而显达。

千家山郭静朝晖①，日日江楼坐翠微②。
信宿渔人还泛泛③，清秋燕子故飞飞④。

---

① 郭：外城。这里“山郭”即指夔州城。 ② 翠微：远望山气青翠迷濛的颜色。 ③ 信宿：住两夜。这里含有“过了一夜又一夜”的意思。泛泛（fàn 范）：船行畅通无阻。 ④ 飞飞：形容燕子自由飞翔。以上二句是即景写情，表现出杜甫的无聊和厌烦。

匡衡抗疏功名薄①，刘向传经心事违②。

同学少年多不贱③，五陵衣马自轻肥④。

【翻译】

千户人家的山城静对着朝晖，

天天在江楼上面对山色翠微。

常来的渔翁在江里放船，

清秋的燕子在上下翻飞。

学匡衡那样上疏直谏结果功名不就，

像刘向那样授徒传经如今也事与愿违。

而昔日的同学少年已脱离了贫贱，

他们住长安轻裘肥马享富贵。

---

①“匡衡”句：汉代匡衡屡次上疏指出政事得失，得到汉元帝赏识而升官，这里反用其意，说自己像匡衡一样上疏屡言政事得失，反遭贬斥。这里可能指上疏救房琯事。②“刘向”句：刘向是汉代著名学者，宣帝曾令他在石渠讲授六经；后来成帝又让他担任校中五经秘书的官职。这里也反用其意，说自己虽有刘向般的学识志愿，想求为儒学之官，但也不可得。心事违：指事与愿违。③同学少年：年轻时的同学。泛指同时辈的人。④五陵：在京都长安附近，本为豪侠聚集之所，这里代指长安。衣马自轻肥：语出《论语·雍也》：“乘肥马，衣轻裘。”比喻富贵。

其　四

遥念长安，慨叹当时唐朝政治动乱、人事变化以及边境的不安。

闻道长安似弈棋①，百年世事不胜悲②。
王侯第宅皆新主，文武衣冠异昔时③。
直北关山金鼓振④，征西车马羽书驰⑤。
鱼龙寂寞秋江冷⑥，故国平居有所思⑦。

【翻译】

听人谈起长安的政局真像在弈棋，
百年的世事真叫人抑制不住伤悲。

---

① 闻道：听人说。弈棋：下棋。 ② 百年：概指诗人一生。 ③ 衣冠：指官员的穿戴服饰，这里以物代人，即指官员。肃宗、代宗都信任宦官，于是出现了一批新权贵。 ④ 直北：正北。金鼓：击钲伐鼓，用来指挥军队作战进退。这里指战争。"金鼓振"指战争激烈。 ⑤ 征西车马：指征西的军队。羽书：加急公文。驰：一作"迟"。 ⑥ "鱼龙"句：《水经注》说，鱼龙以秋日为夜，秋分而降，蛰寝于渊。这里喻有志之士不被任用，也包括诗人自己在内。 ⑦ 故国：指长安。平居：平日所居。杜甫在长安住过十来年。

王侯们的朱门甲第都换了新主，
朝廷里的文臣武将已不同往时。
正北的关山金鼓声震耳，
征西的军队告急文书飞驰。
鱼龙都寂寞连秋江也清冷，
当年在长安的平静生活现在仍堪长忆。

其　　五

回忆天宝年间长安宫阙、朝仪的盛况。

蓬莱宫阙对南山①，承露金茎霄汉间②。
西望瑶池降王母③，东来紫气满函关④。
云移雉尾开宫扇⑤，日绕龙鳞识圣颜⑥。

---

① 蓬莱：宫名。《唐会要》卷三十："龙朔二年(662)，修旧大明宫，改名蓬莱宫。"南山：终南山。 ② 承露金茎：汉武帝曾建铜柱，作仙人捧盘承露状，据说用露水和玉屑，饮之可以成仙。玄宗好道，所以这里借用来写唐朝宫殿建筑。 ③"西望"句：旧时神话，瑶池为西王母所居。 ④"东来"句：《关令尹内传》说，关令尹喜登城楼，见东极有紫气，知有圣人过函谷关。后果然见老子过关。以上二句描写当时崇奉道教。 ⑤ 云移：像云彩一样移动。雉尾：用雉尾编织的宫扇。这里写皇帝出入时羽扇开阖的仪式。 ⑥ 日：指日光。龙鳞：指皇帝穿的绣了龙纹的衮衣。圣颜：尊称皇帝的容貌。以上二句写朝仪。

一卧沧江惊岁晚，几回青琐点朝班[1]？

【翻译】

蓬莱宫阙正对着南山。

承露的铜柱耸入霄汉之间。

西望瑶池有王母下界，

东来紫气已充溢函谷关。

云彩般移动的是雉尾宫扇，

日光照耀着龙袍可看到皇帝容颜。

而今卧病江边惊心韶华已晚，

回忆自己也曾几次进入青琐门身列朝班。

其　　六

回忆当年长安曲江盛况。

瞿唐峡口曲江头[2]，万里风烟接素秋[3]。

---

① 青琐：汉未央宫有青琐门，饰以青色，镂以连环纹。这里泛指宫门。点朝班：上朝时，传点诸官依次排列就位。② 瞿唐峡：长江三峡的第一峡，在夔州城东。 ③ 素秋：秋天。秋属西方，色白，故称素秋。

花萼夹城通御气①，芙蓉小苑入边愁②。
朱帘绣柱围黄鹄③，锦缆牙樯起白鸥。
回首可怜歌舞地④，秦中自古帝王州⑤。

【翻译】

从瞿塘峡口想到曲江江头，
万里风烟天气正是素秋。
当年从花萼楼经过夹城可往来御驾，
如今的芙蓉苑已笼罩了边患隐忧。
朱帘绣柱围着黄鹄，
锦缆白桅惊起白鸥。
回想最可恋念的歌舞胜地，

---

①“花萼”句：唐玄宗在兴庆宫西、南置楼，西面题花萼相辉之楼，南面题勤政务本之楼。兴庆宫在皇城东南，时称南内。夹城是依城墙修筑的复道。史载，玄宗在开元十四年修筑东内(大明宫)到南内的复道，后又增修至曲江芙蓉苑。②芙蓉小苑：即芙蓉苑，见《哀江头》诗注。边愁：这里指安禄山之乱。③绣柱：绘有图纹的柱子。围黄鹄：《汉书·昭帝记》说，始元元年，黄鹄飞来建章宫太掖池中。建章宫是汉武帝修造的著名的华丽宫殿。④可怜：可以恋念。歌舞地：指曲江。⑤秦中：长安京畿之地。战国时秦据关中，依河山之险为帝王之业，后沿称其地区为秦中。帝王州：帝王所居之地。

秦中毕竟是从古以来的帝王之州。

其　七

回忆长安西南的昆明池。此池本是汉武帝为了伐西南夷，仿云南滇池，开凿了来演习水战的。

昆明池水汉时功①，武帝旌旗在眼中②。
织女机丝虚夜月③，石鲸鳞甲动秋风④。
波漂菰米沉云黑⑤，露冷莲房坠粉红⑥。
关塞极天唯鸟道⑦，江湖满地一渔翁⑧。

【翻译】

昆明池的开凿是汉代人之功，
汉武帝的旌旗仿佛就在眼中。

---

① 功：工程。 ② 武帝：汉武帝。 ③ 织女：《文选·西都赋》李善注引《汉宫阙疏》："昆明池有二石人，牵牛织女像。" ④"石鲸"句：《西京杂记》说："昆明池刻玉石为鲸，每至雷雨常鸣吼，鳍尾皆动。"这当然是故神其说。 ⑤ 菰米：即雕胡米，一种禾本科植物，这里是池边种植的作物。 ⑥ 莲房：莲蓬。 ⑦"关塞"句：夔州多高山，这里写夔州困处的悲慨情景。鸟道：只能容鸟飞过的高山。 ⑧ 渔翁：杜甫自比。

在月光下似乎看到织女的机丝，
在秋风中好似见到石鲸在摆动。
水波飘动的菰米像沉云暗黑，
寒露凝结的莲房坠下花片粉红。
关塞摩天只通鸟道，
江湖上漂泊着我这个渔翁。

其　八

回忆当年与旧友共游长安附近名胜的情景。

昆吾御宿自逶迤①，紫阁峰阴入渼陂②。
香稻啄余鹦鹉粒，碧梧栖老凤凰枝③。
佳人拾翠春相问，仙侣同舟晚更移④。

---

① 昆吾：亭名。御宿：地名，即御宿川。 ②“紫阁”句：紫阁峰，在鄠县东南，峰下是渼陂池，峰影映入池中。这二句写长安一带名胜。 ③“香稻”二句：是倒装句，主要是讲这里的物华之美，不必实有鹦鹉、凤凰。 ④“佳人”二句：“佳人”、“仙侣”，指同游士女，或指携妓游宴。拾翠：拾取翡翠鸟的羽毛，谓春天郊甸嬉游之事。《洛神赋》：“或采明珠，或拾翠羽。”春相问：士女游春问好。晚更移：指入晚还在水上荡舟作乐。

彩笔昔曾干气象①，白头吟望苦低垂。

【翻译】

昆吾御宿曲折逶迤，
紫阁峰阴映入渼陂。
这里有鹦鹉啄过的香稻米，
这里有凤凰栖过的碧梧枝。
佳人游春拾翠羽相互来问询，
仙侣同舟天晚转移地方还不愿分离。
我的彩笔当年也曾上干气象，
到如今在苦吟中白头低垂。

① 彩笔:《南史·江淹传》说江淹梦见郭璞送他一枝五色笔,醒后文才大进。这里用来指自己的诗作。干气象:说自己的诗作描绘尽了大自然气势景象。一说为“帝王气象”,具体是指杜甫献赋得到玄宗赏识的事。

咏怀古迹（五首选一）

本题共五首，当是大历三年（768）杜甫离开夔州，出峡至江陵、归州时所作。五诗分咏途经诸州著名古迹，以抒胸中感慨。这是第三首，歌咏王昭君出塞故事，含有高才不遇的感慨。

群山万壑赴荆门①，生长明妃尚有村②。

① 壑（hè贺）：山谷。荆门：山名，在今湖北宜都西长江边，形状似门，上合下开。 ② 明妃：即王昭君，汉元帝时宫女，姓王名嫱，字昭君。晋文帝（司马昭）时因避讳，改称明君，后更改称明妃。

一去紫台连朔漠①，独留青冢向黄昏②。
画图省识春风面③，环珮空归夜月魂。
千载琵琶作胡语④，分明怨恨曲中论⑤。

【翻译】

千山万壑如同奔赴荆门，
生长明妃的地方还留下个小村。
一旦离开汉宫前往匈奴，
只留下个青冢对着黄昏。
从图画上看到她的玉貌粉面，
环珮独归只能是她月下的幽魂。
千年以来只有那琵琶弹出胡语，
分明是她满腔怨恨在曲中谈论。

---

① 紫台：即紫宫，即指汉皇宫。朔漠：北方沙漠。指昭君所去的匈奴地。 ② 青冢：长着青草的坟墓，这里指昭君墓，在今内蒙古呼和浩特城南。传说胡地只生白草，而昭君至死不忘故国，只有她的墓上长满青草。 ③"画图"句：据《西京杂记》，汉元帝宫人很多，乃令画工画像，按图召幸。昭君貌美，不肯贿赂画工，画工故意把她画丑，遂不得见。元帝行和亲政策，匈奴入朝求美人，又按图派昭君去匈奴。临行，发现她的容貌为后宫第一。后来追究此事，杀画工毛延寿。省识：辨识。春风面：美丽的容貌。 ④ 琵琶：胡人习用的弹拨乐器。胡语：胡音，指用胡乐琵琶传达心中话语。 ⑤ 论（lùn 伦去声）：谈论，诉说。

登　高

这首诗大约作于大历二年(767),当时杜甫卧病在夔州。古代夏历九月九日重阳节有登高的习俗,这首诗很可能就写重阳节登高,并借此对自己一生潦倒发感慨。

风急天高猿啸哀,渚清沙白鸟飞回①。
无边落木萧萧下②,不尽长江滚滚来。
万里悲秋常作客,百年多病独登台③。

① 渚:水中小洲。沙:江边沙滩。 ② 落木:落叶。萧萧:风声。 ③“万里”二句:即景抒情,慨叹自己一生的遭遇。

艰难苦恨繁霜鬓①，潦倒新停浊酒杯②。

【翻译】

秋风紧急秋气高爽还有那猿叫声哀，
洲渚青青沙滩雪白鸟儿飞回。
一望无际的落叶萧萧坠下，
不见尽头的长江滚滚奔来。
万里悲秋最恨常作过客，
一生多病独自登上高台。
艰难之中叹息繁霜染上鬓发，
潦倒之余近已停举斟上的浊酒之杯。

① 艰难：一生所经的艰难困苦，即上二句所述。苦恨：苦于抱恨，常以为恨。繁：多。这句说自己一生艰难，常常抱恨的是志业无成而已衰老。 ② 新停：新近停止。朱鹤龄说："时公以肺病断饮。"

壮　　游

这首诗大约作于大历元年(766),当时杜甫卧病在夔州。这是一篇自传性的叙事诗,从幼年学诗起,历叙漫游齐、赵,洛阳失第,长安十年,经安、史之乱到滞留巴蜀的生活。它与同时所作《昔游》、《遣怀》等都是了解诗人历史的重要材料。

往昔十四五,出游翰墨场①。斯文崔魏徒②,以我似

① 翰:毛笔;翰墨场即笔墨场,犹如说“文坛”。 ② 斯文:出《论语・子罕》:“天之将丧斯文也,后死者不得与于斯文也。”后用来称儒家有道文士。崔魏:原注:“崔郑州尚,魏豫州启心。”崔尚为武则天久视二年(701)进士,魏启心,中宗神龙三年(707)才膺管乐科及第。

班扬①。七龄思即壮，开口咏凤凰。九龄书大字，有作成一囊②。性豪业嗜酒③，嫉恶怀刚肠。脱略小时辈④，结交皆老苍。饮酣视八极⑤，俗物多茫茫⑥。东下姑苏台⑦，已具浮海航⑧。到今有遗恨，不得穷扶桑⑨。王谢风流远⑩，阖闾丘墓荒⑪。剑池石壁仄⑫，长洲芰荷香⑬。嵯峨阊门北，清庙映回塘⑭。每趋吴太伯⑮，抚事泪浪浪⑯。

---

① 班扬：班固和扬雄，都是西汉著名学者作家。 ② 有作：一说指所书大字，一说指诗作。 ③ 业：已经。 ④ 脱略：一作"脱落"，疏远、离开。 ⑤ 八极：八方极远之地。这里是天下、世界的意思。 ⑥ 俗物：指世俗之士。（以上第一节，写少年之游，表现他自幼聪敏多才，生性豪放刚直。） ⑦ 姑苏台：在苏州姑苏山上，据说是吴王阖闾所建。 ⑧ 航：两船并成的方舟。这里指可以渡海的大船。 ⑨ 穷：尽。扶桑：神话中传说的木名，相传以为日出之所。 ⑩ 王谢：东晋时两大名族，出了不少风流人物，如王戎、王导、王僧孺、谢安、谢琨、谢灵运等。 ⑪ 阖闾：吴王阖闾，其墓在苏州城西阊门外，传说葬后三日，有白虎踞其上，因名虎丘。 ⑫ 剑池：在苏州虎丘山上，有石壁高数丈，相传是吴王淬剑之所。 ⑬ 长洲：苑名，在苏州西南。芰：菱。芰荷：总指菱荷的花叶。 ⑭ 清庙：太伯庙。吴太伯本是周太王长子，传说太王想传位给小儿子季历，以便将来传位给季历的儿子昌（即周文王），太伯和弟弟仲雍就出走到荆蛮之地（即吴越地区），让位给季历。回塘：屈曲环绕的池塘，一作"池塘"。 ⑮ 趋：指拜谒。 ⑯ 浪浪：泪流不绝。

蒸鱼闻匕首①，除道哂要章②。枕戈忆勾践③，渡浙想秦皇④。越女天下白，鉴湖五月凉⑤。剡溪蕴秀异⑥，欲罢不能忘。归帆拂天姥⑦，中岁贡旧乡⑧。气劘屈贾垒⑨，

---

①“蒸鱼”句：写专诸刺吴王僚事。《史记·刺客列传》：“伍子胥知公子光欲杀吴王僚，乃进专诸于公子光。光具酒请王僚，使专诸置匕首鱼炙之腹中而进之。既至王前，专诸擘鱼，因以匕首刺王僚，王僚立死。公子光遂自立为王，是为阖闾。” ② 除道：修路。这句记朱买臣事。朱买臣贫而苦读，妻子嫌贫改嫁。后朱买臣拜会稽太守还乡，曾先穿旧衣怀官印去拜访朋友，故意把官印的绶带露出一点，让朋友发现他已是太守。正式上任时，官府命令百姓除道迎接，朱买臣的前妻和新夫都在除道，朱买臣又故意请他们随到太守花园里居住。一个月后前妻就自杀了。哂：耻笑。要章：腰章，指系在腰间的太守印章。以上二句，记吴中争势逐利的史事。与上文太伯事相衬，有讽今之意。这二句旧在下二句之下，仇兆鳌移此。今从之。 ③“枕戈”句：写越王勾践卧薪尝胆，立志灭吴雪耻的事。 ④“渡浙”句：写秦始皇曾经游会稽，渡浙江。 ⑤ 鉴湖：镜湖，在浙江绍兴。 ⑥ 剡溪：在浙江嵊州南。（以上一节，写吴越之游，历叙名胜古迹，间发古今之慨。） ⑦ 天姥：天姥山，在今浙江剡县。 ⑧ 中岁：中年。时诗人二十四岁。贡：贡举。《新唐书·选举志》：“唐制取士之科，大要有三：由学馆者曰生徒，由州县者曰乡贡，其天子自诏者曰制举。”唐制，应贡举必须先到州县报到，再由官府送到京都应试。所以杜甫先坐船回乡。旧乡：此指河南巩县，杜甫故居于此。 ⑨ 劘（mó 魔）：迫近。屈贾：屈原、贾谊。

目短曹刘墙①。忤下考功第②，独辞京尹堂③。放荡齐赵间④，裘马颇清狂⑤。春歌丛台上⑥，冬猎青丘旁⑦。呼鹰皂枥林，逐兽云雪冈⑧。射飞曾纵鞚⑨，引臂落鹙鸧⑩。苏侯据鞍喜⑪，忽如携葛强⑫。快意八九年，西归到咸阳⑬。许与必词伯⑭，赏游实贤王⑮。曳裾置醴地⑯，奏

---

① 曹刘：曹植、刘桢，都是建安诗人。 ② 忤：逆，这里指违反自己心愿。考功：考功员外郎，唐代前期主持科举考试的官员。第：科第。科举取士分甲乙次第，故称。 ③ 京尹：京兆尹，治理京都一带政事的官。 ④ 放荡：无拘束地肆意游玩。齐赵：今山东、河北一带。 ⑤ 清狂：清闲放浪。 ⑥ 丛台：战国时赵王故台，在河北邯郸。 ⑦ 青丘：在今山东广饶附近，相传为齐景公田猎场所。 ⑧ 皂枥林、云雪冈：都是齐地名，确指未详。 ⑨ 鞚：勒住马缰。纵鞚：指放马飞驰。 ⑩ 引臂：射箭的动作。鹙鸧：鹙是秃鹙，一种猛禽；鸧是鸧庚，即黄鹂。这里泛指飞鸟。 ⑪ 苏侯：原注："监门胄曹苏预。"是诗人的朋友。"侯"是当时通常对男子的尊称。 ⑫ 葛强：晋代人，山简的爱将。这里以山简比苏预，以葛强自比。（以上一节写洛阳落第后浪游齐赵的生活。） ⑬ 咸阳：秦时都城，唐人多称长安为咸阳。 ⑭ 许与：自己认为可以与之交游的。词伯：长于词章的文坛长者。杜甫当时交往的文人郑虔、韦济、高適、岑参、薛据等，当时都有文名。 ⑮ 实贤王：强调说明自己交游的王公贵族是贤德之王，故加一"实"字。萧涤非说："贤王，指汝阳王李琎。"这二句说自己在长安相与交游的都非寻常之辈。 ⑯ 曳裾：衣襟拂地，形容走路潇洒。置醴：《汉书·楚元王传》："穆生不嗜酒，元王每置酒，常为穆生设醴。"醴是甜酒。这里用置醴事，比喻自己受到王侯的尊敬。

赋入明光①。天子废食召②，群公会轩裳③。脱身无所爱④，痛饮信行藏⑤。黑貂宁免敝⑥，斑鬓兀称觞⑦。杜曲换耆旧⑧，四郊多白杨⑨。坐深乡党敬⑩，日觉死生忙。朱门任倾夺⑪，赤族迭罹殃⑫。国马竭粟豆⑬，官鸡输稻

---

① 奏赋：杜甫在天宝十年曾献三大礼赋以求官。明光：汉宫殿名，借指唐皇宫。 ② 废食召：不顾饮食而召见。形容玄宗赏识杜甫，急于召见的迫切心情。 ③ 轩裳：指大臣们的车马服饰。杜甫献赋后，玄宗见而奇之，命他待制集贤院，由宰相考他文章。杜甫《莫相疑行》："忆献三赋蓬莱宫，自怪一日声辉赫。集贤学士如堵墙，观我落笔中书堂。"即记此事。
④ 脱身：独身脱离。旧注以为指辞去河西尉事。爱：吝惜。
⑤ 信：听任。行藏：指出处，语本《论语·述而》："用之则行，舍之则藏。" ⑥ 黑貂：黑貂皮衣。战国纵横家苏秦在秦国不被用，黑貂皮衣都穿破了，此用其意。 ⑦ 兀：兀自，当时口语，意为"依旧自管自"。称觞：举杯。 ⑧ 杜曲：即杜陵，杜甫在长安置家于此。换：一作"晚"，又作"挽"。 ⑨ 白杨：古时墓旁多种白杨。 ⑩ 坐深：乡里的长者座位在上头，从外面看去座位深在里面。一说，"坐"作"因"解，是连接上文的转折词，说乡里耆旧多已死去，因而杜甫就显得年长而深受乡里的敬重。 ⑪ 朱门：朝中权贵。 ⑫ 赤族：灭族。罹：遭受。
⑬ 国马：指玄宗为赏乐而畜养的舞马、立仗马等。

梁①。举隅见烦费②，引古惜兴亡。河朔风尘起③，岷山行幸长④。两宫各警跸⑤，万里遥相望⑥。崆峒杀气黑⑦，少海旌旗黄⑧。禹功亦命子⑨，涿鹿亲戎行⑩。翠

---

① 官鸡：指玄宗养作斗鸡戏的鸡，当时专设有斗鸡使，五坊有供奉斗鸡。 ② 举隅：出《论语·述而》："举一隅，不以三隅反，则不复也。"指举一角为例即可想到其他三个角的情况。（以上一节叙长安十年，主要写自己困顿失意和朝政腐败。） ③ 河朔：河北，这句写安禄山自河北兴兵叛乱。 ④ 岷山：在蜀中。行幸：古代认为皇帝游临是当地有幸，故把皇帝出行称为行幸。这里指玄宗逃入四川。 ⑤ 两宫：指玄宗和肃宗。玄宗天宝十五年七月十二日逃出长安，太子李亨十三日就在灵武自行即位，称肃宗，尊玄宗为太上皇。警跸：皇帝出入时的警戒。 ⑥"万里"句：玄宗在成都，肃宗在灵武，相隔很远。 ⑦ 崆峒：山名，在甘肃。这里借指肃宗自平凉起兵兴复。 ⑧ 少海：指太子。《东宫故事》："太子比少海。"肃宗本为太子，"旌旗黄"即指肃宗自行即位，使用天子仪仗。古代唯有天子旌旗可用黄色。 ⑨"禹功"句：夏禹的功业，舜让位给禹，禹传给儿子。肃宗逼玄宗退位，九月就任命自己儿子广平王李俶为天下兵马元帅平乱，仍然要靠自己儿子掌军权，有讥讽意。一说指玄宗让位给肃宗。 ⑩ 涿鹿：山名，在今河北涿鹿东南，《帝王世纪》："黄帝与蚩尤战于涿鹿之野。"这句指肃宗亲自策划战事。

华拥吴岳①,螭虎啖豺狼②。爪牙一不中③,胡兵更陆梁④。大军载草草,凋瘵满膏肓⑤。备员窃补衮⑥,忧愤心飞扬。上感九庙焚⑦,下悯万民疮。斯时伏青蒲⑧,廷诤守御床⑨。君辱敢爱死⑩,赫怒幸无伤⑪。圣哲体仁恕⑫,宇县复小康⑬。哭庙灰烬中,鼻酸朝未央⑭。小臣

① 翠华:即华盖,天子仪仗。吴岳:吴山,在凤翔附近。② 螭:独角龙,"螭虎"比喻勇猛的战士。啖(dàn 旦):吃。③ 爪牙:得力重臣。一不中:一击不中,指房琯在陈陶、青坂战败。 ④ 陆梁:猛兽张狂之状,这里指安禄山叛军。 ⑤ 凋瘵(zhài 债):零落病伤。膏肓(huāng 荒):人体内的一个部位,针药不可及。比喻不可救药。 ⑥ 备员:充数。补衮:衮是龙袍。这里是谦称自己任左拾遗之职。拾遗职务是对皇帝考虑不周处提出意见弥补过失,故以"补衮"形容。 ⑦ 九庙:指唐室宗庙。 ⑧ 青蒲:宫中铺地的蒲席。《汉书·史丹传》:"丹直入卧内,伏青蒲上泣谏。"这里自比。 ⑨ 御床:皇帝的坐具。以上二句,写自己大胆诤谏,旧注多认为指营救房琯事。浦起龙说:"时必有极陈时弊之事,惜不复传。玩文气,不专指救房琯也。" ⑩ 敢爱死:敢,不敢。这里说自己可以牺牲生命。 ⑪ 赫怒:盛怒,指肃宗。幸无伤:杜甫因房琯事下狱,由于宰相张镐营救得免。 ⑫ 体:动词,亲身履行。 ⑬ 宇县:指国家、天下。小康:指至德二年,长安、洛阳相继收复。⑭ 庙:即指九庙。未央:汉宫殿名,借指唐朝宫殿。肃宗在至德二年十月还长安,杜甫受命还家探亲,所以约在这年年末独自回长安。(以上一节,写安、史乱时唐朝政事和自身遭遇。)

议论绝①,老病客殊方。郁郁苦不展,羽翮困低昂②。秋风动哀壑③,碧蕙捐微芳④。之推避赏从⑤,渔父濯沧浪⑥。荣华敌勋业,岁暮有严霜⑦。吾观鸱夷子⑧,才格出寻常。群凶逆未定⑨,侧伫英俊翔⑩。

---

① 小臣:杜甫自称。议论绝:指乾元元年(758)五月房琯被贬,六月出为邠州刺史;杜甫也被贬为华州司功参军。拾遗虽是小官,但要议论朝政,被贬出朝,议论也就停止了。② 羽翮:翅膀。翮是羽茎。 ③ 哀壑:山沟。哀是形容秋风凄厉如山谷悲鸣之声。 ④ 捐:丧失,凋零。 ⑤ 之推:介之推,曾随晋文公出亡十九年,文公还国,赏不及,他不邀赏,与母亲一起隐居绵山。这里杜甫以介之推自比。杜甫在安史乱起后冒生命危险逃到凤翔见肃宗,后又随到长安,却遭贬官。一年后(乾元二年)即弃官去秦州。 ⑥ 渔父:《楚辞》有《渔父》篇,指隐者。濯:洗。《孟子·离娄下》:"有孺子歌曰:'沧浪之水清兮,可以濯我缨;沧浪之水浊兮,可以濯我足。'孔子曰:'小子听之:清斯濯缨,浊斯濯足矣。自取之也。'"此用其意,以水清浊喻世治乱而决定自己出处之举。 ⑦"荣华"二句:如果荣华超过勋业,必有危机。这里以"严霜"比喻危机到来。 ⑧ 鸱夷子:越国大夫范蠡助勾践破吴后,功成身退,改名鸱(chī 吃)夷子皮。这里可能指肃宗的布衣交李泌。李泌在安史乱后肃宗即位时,就到灵武辅佐肃宗,至德二年长安、洛阳收复,李泌便归衡山隐居。杜甫对他相当敬慕。 ⑨"群凶"句:指作此诗时各地军阀割据、朝廷无力制裁的情况。 ⑩"侧伫"句:侧立盼望杰出人才得到高位。这里有不计较个人境遇的意思在内。(以上最后一节,体现出诗人以国事为重之心。)

【翻译】

从前当我还只是十四五岁的时候，

就外出交游在笔墨场。

当时有名的文士如魏启心、崔尚，

认为我的文才同班固、扬雄一样。

七岁时我的文思已很豪放，

开口就能作诗歌咏“凤凰”。

九岁时已能够书写大字，

有作品收集装成一囊。

性情豪爽已喜欢喝酒，

嫉恶如仇怀着刚烈的心肠。

疏远了幼年同辈，

结交的都是高年长者白发苍苍。

酒酣耳热时起望八方，

世上俗物多视之茫茫。

东下游历来到姑苏台上，

本来已经准备浮海远航。

至今我还有遗憾，

不得畅游到扶桑。

王、谢风流已很遥远，

阖闾丘墓更是荒凉。

剑池的石壁还很逼仄，

长洲的荷花菱叶仍旧清香。
巍巍的阊门之北，
有清庙倒映在回塘。
每次来拜谒吴太伯，
追思他的旧事就眼泪汪汪。
蒸鱼会传闻专诸刺王僚的匕首，
修路又耻笑朱买臣的腰章。
枕戈会想起勾践，
渡浙江会想起秦皇。
天下要数越中女儿肤色白，
镜湖到了五月最清凉。
剡溪秀异景色多蕴藏，
想要忘掉都没办法忘。
归帆经过天姥山，
我中年要参加贡举回故乡。
才气直摩屈原、贾谊的壁垒，
目光更看不上曹植、刘桢的门墙。
事与愿违竟被黜落下第，
独个儿辞别京兆尹的厅堂。
到齐、赵之间尽情游逛，
乘肥马衣轻裘真有点轻狂。
春天歌唱在丛台之上，

冬天射猎在青丘之旁。
呼鹰在皂枥林中，
逐兽在云雪冈。
射飞鸟曾纵马奔驰，
搭弓射箭就射落鹙鸧。
苏侯在鞍上很高兴，
好似携带了葛强。
痛痛快快过了八九年，
又西归到咸阳。
相与交往的必系词伯，
携手游赏的定是贤王。
往来在置醴之地，
献赋进天子宫墙。
天子不用膳就把我召见，
公卿相会济济一堂。
未被录用我也并不留恋，
且先痛饮任随时势以定行藏。
黑貂裘难免破烂，
两鬓斑白可还自举觞。
杜曲已换了一批耆旧，
四郊渐多丘墓上的白杨。
只因年长受到乡党尊敬，

一天天觉得生来死去实在匆忙。
豪门整天忙的是倾轧争夺，
这家获罪那家灭门一个连一个遭殃。
国家养的马匹吃尽粟豆，
官家喂的斗鸡要喂稻粱。
奢侈糜费举此可以想见，
回想历史不由得深惜兴亡。
河北风尘突起，
岷山行幸路长。
两宫分头留驻，
成都、灵武两位君主万里相望。
崆峒山上杀气黑，
太子的旌旗已改黄。
大禹的功业传位给儿子，
涿鹿之战已亲戎行。
华盖迁临吴岳，
螭虎能食豺狼。
谁知爪牙一击不中，
胡兵更加张狂。
官军行动草率，
凋敝残损更加病入膏肓。
我充数当了个拾遗，

出于忧愤心情激动飞扬。
对上感念九庙被焚毁，
对下哀悯百姓多创伤。
那时我曾俯伏青蒲上，
在朝堂谏诤守着御床。
君主受辱我不惜牺牲生命，
天颜震怒了幸而我被营救没有受损伤。
圣明天子体行仁恕，
天下又得小康。
回到长安哭庙于灰烬之中，
辛酸中朝见天子在未央。
小臣的议论从此断绝，
年老多病我至今漂泊在异地他方。
心情沉郁抱负无法施展，
羽翼受困难以翱翔。
秋风吹动山壑，
兰惠失去芬芳。
之推拒不受赏，
渔父隐于沧浪。
享受荣华超过了所建的功业，
到了岁暮自会遭遇严霜。
我看那位鸱夷子，

才华品格真出乎寻常。
群凶作逆还未平定，
侧身伫立唯盼英才展翅高翔！

观公孙大娘弟子舞剑器行并序

本篇是杜甫观看公孙大娘弟子的“剑器舞”后所作，并写有自序。公孙大娘是开元年间著名舞蹈家，据《明皇杂录》记载，她的剑舞比得上当时称为三绝之一的裴旻剑舞。“剑器”是唐代盛行的一种舞蹈。段安节《乐府杂录》列于《健舞曲》中，前人说是由女艺人着雄装空手而舞，但据今人考证应是执剑而舞。《舞剑器行》是杜甫自拟的乐府题，自序中又简称为《剑器行》。

大历二年十月十九日①，夔州别驾元持宅，见临颍李十二娘舞剑器②，壮其蔚跂③。问其所师，曰："余公孙大娘弟子也。"开元五载④，余尚童稚，记于郾城，观公孙氏舞"剑器浑脱"⑤，浏漓顿挫，独出冠时。自高头宜春、梨园二伎坊内人，洎外供奉舞女⑥，晓是舞者，圣文神武皇帝初⑦，公孙一人而已。玉貌锦衣，况余白首，今兹弟子⑧，亦匪盛颜⑨。既

---

① 大历：唐代宗的年号，大历二年是公元767年。别驾：州里的官员名称。 ② 元持：生平不详。临颍：今河南临颍县，是李十二娘的籍贯。 ③ 蔚跂：蔚，光彩照人；跂，行貌。这里是形容李十二娘舞姿美妙而有气势。 ④ 开元五载：开元，唐玄宗年号；五载为公年717年，时杜甫六岁。一作"三年"，则为四岁。 ⑤ 郾（yǎn 掩）城：今河南郾城，在临颍之南。浑脱：大约是一种来自西域的粗犷舞蹈，唐代很流行。"剑器浑脱"：可能是综合"剑器舞"与"浑脱舞"而成的一种舞蹈，也可能是既舞"剑器"又舞"浑脱"。 ⑥ 高头：犹如说"前头"。《教坊记》："西京右教坊在光宅坊，左教坊在延正坊，右多善歌，左多工舞。伎女入宜春院，谓之'内人'，亦曰'前头人'以常在上前也。"故"高头"即指内廷供奉的乐使。伎坊：教坊，歌舞乐使习艺居住之所。宜春、梨园：都是宫内地名。开元二年唐玄宗置教坊，亲自教法曲，在梨园传习技艺。天宝中，又在东宫置宜春院，命宫女数百人为"梨园弟子"。洎（jì 既）：及。外供奉：居于宫外随时召入献艺的伎人。舞女：当即指在左教坊工舞的伎女。一本无此二字。 ⑦ 圣文神武皇帝：唐玄宗的尊号。 ⑧ 兹：此。 ⑨ 匪：即"非"。

辨其由来，知波澜莫二①。抚事慷慨，聊为《剑器行》。昔者吴人张旭善草书书帖②，数尝于邺县见公孙大娘舞"西河剑器"③，自此草书长进，豪荡感激，即公孙可知矣。

昔有佳人公孙氏，一舞剑器动四方。观者如山色沮丧④，天地为之久低昂⑤。㸌如羿射九日落⑥，矫如群帝

---

① 波澜莫二：语出《孟子·尽心上》："观水有术，必观其澜。" ② 张旭：苏州人，唐代书法家，世称"草圣"，文宗时诏以李白诗歌、裴旻舞剑、张旭草书为"三绝"。曾自言："始见公主担夫争道，又闻鼓吹而得笔法意，观倡公孙舞剑器而得其神。"（见《新唐书·文艺传》） ③ 邺县：今河南临漳西南，唐属河北道相州。西河剑器：当是剑器舞的一种，"西河"或是以传自之地为名，陈寅恪说"西河疑即河西或河湟之异称，乃与西域交通之孔道……明此伎实际出西胡也"（《元白诗笺证稿》）。（以上为序） ④ 沮丧：失色之状。 ⑤ 为之：因为公孙的表演。 ⑥ 㸌（huò 或）：光闪烁。羿：传说中远古的善射者，据说当时十日并出，焦禾稼，杀草木，被羿射掉九个。这当然是神话。

骖龙翔①。来如雷霆收震怒②，罢如江海凝清光③。绛唇珠袖两寂寞④，晚有弟子传芬芳。临颍美人在白帝，妙舞此曲神扬扬。与余问答既有以，感时抚事增惋伤。先帝侍女八千人⑤，公孙剑器初第一⑥。五十年间似反掌⑦，风尘澒洞昏王室⑧。梨园弟子散如烟，女乐余姿映寒

---

① 矫：夭矫，矫健。骖：一车驾三马，这里用如动词。这句化用成句，《楚辞·九歌·云中君》："龙驾兮帝服，聊翱翔兮周章。"《九家集注杜诗》引夏侯玄赋："如东方群帝兮，骖龙驾而翱翔。" ②"来如"句：《诗经·大雅·常武》："如雷如霆，徐方震惊。王奋厥武，如震如怒。"霆：迅雷。说周宣王出征徐国，徐国闻讯如闻雷霆，大为恐怖；周宣王临阵作战，其声色威严，如雷震，如发怒。这里借以形容乍然起舞立即造成紧张气氛。又因剑器舞有舞曲伴奏，有人认为这句是形容伴奏的金鼓声，也通。 ③"罢如"句：形容公孙结束舞蹈时舒徐自如，令观众好像处于风平浪静的江海，一派青濛水气凝聚四周，非常畅快稳当。萧涤非说"唐人多以秋水、青蛇比喻剑光"，这里"也应当是以水色喻剑光"。 ④ 绛唇：朱唇，形容公孙大娘青年时的容貌。珠袖：当指舞时装束，借指其舞艺。寂寞：无闻，似指公孙大娘已亡故。 ⑤ 先帝：指唐玄宗。此时代宗在位，玄宗已死。侍女八千人：言其多，非确数。 ⑥ 初：始，本。 ⑦ 五十年间：指自开元五年(717)杜甫六岁观剑到本年(767)。反掌：反复手掌，形容时间极快。 ⑧ 澒(hòng 讧)洞：广大的样子，这里指世事动乱极大。风尘澒洞：指安史之乱。

日①。金粟堆南木已拱②，瞿唐石城草萧瑟③。玳筵急管曲复终④，乐极哀来月东出。老夫不知其所往⑤，足茧荒山转愁疾。

【翻译】

大历二年十月十九日，我在夔州别驾元持的住宅里，见到临颍李十二娘舞剑器。欣赏她舞姿的美妙奔放，询问她的师承，她说："我是公孙大娘的弟子。"开元五年，我还是个孩子，记得在郾城观看公孙大娘舞剑器浑脱，舞姿妍妙活泼，很有节奏感，没有谁能比得上。从皇帝身边的宜春院、梨园的内廷供奉乐使，直到随时奉诏进宫演奏的艺人，通晓这种舞蹈的，在玄宗皇帝初年，只有公孙一人罢了。那时她是玉貌锦衣，而如今我已满头白发，现在这位弟子，也已不是盛年。问清了李十二娘的渊源，

---

① 女乐余姿：指李十二娘。余姿：是说她姿色已见衰老。映寒日：兼含日暮途穷之意，对李的流落夔州表示同情。② 金粟山：在蒲城，玄宗墓地泰陵所在地。木已拱：陵墓前的树木已长大到可用两手合握。玄宗于广德元年(763)葬于泰陵，到这时已有五年。 ③ 瞿唐：长江瞿塘峡，在夔州近边。石城：当指白帝城。 ④ 玳筵：指佳筵。急管：指旋律快速、节奏繁促的管乐。 ⑤ 老夫：杜甫自称。

知道她和公孙大娘有同样的手段。追想往事多所感慨，姑且写了这首《剑器行》。从前苏州人张旭擅长用草书写书帖，曾几次在郯县观看公孙大娘舞西河剑器，从此草书大有进境，豪迈激荡动人心魄。由此公孙大娘的造诣可以想见了。

当年有位佳人叫公孙氏，
她一舞剑器能轰动四方。
围观的人如山一样神色沮丧，
天地也为她好一会摇荡低昂。
㸌然好似羿射落九个太阳，
矫然犹如群帝驾龙翱翔。
来时犹如雷霆骤收震怒，
罢时好似江海凝结清光。
当年的绛唇珠袖都已寂寞，
晚年有位弟子能传她的芬芳。
这位临颍美人来到白帝，
妙舞此曲神采激越飞扬。
和我问答讲到她渊源，
我感时怀旧增添感伤。
玄宗皇帝当年侍女有八千人，
公孙的剑器当初是第一。

五十年过得快如反掌，
安史之乱昏暗了王室。
梨园弟子流散如飞烟，
剩下女艺人余姿还能照映寒日。
金粟山南的陵木已可合握，
瞿塘石城的草木也形萧瑟。
佳筵上箫管急促歌曲又终，
乐极悲来月亮正在从东边升出。
老夫不知去向何处，
在荒山里走得尽是足茧反恨太快疾。

登岳阳楼

大历三年(768),杜甫离开夔州,出峡到江陵(今湖北潜江西),境遇不惬人意,晚秋移居江陵南九十里的公安(今湖北公安),本拟到柴桑(今江西九江),未果,在这年暮冬入岳阳(今湖南岳阳)。岳阳楼即岳阳城西门楼,据《太平寰宇记》江南西道岳州巴陵县的记载,“唐开元四年,张说自中书令为岳州刺史,常与才士登此楼,有诗百余篇,列于楼壁”。这里成了唐代士人胜游之处。此诗即登楼抒怀之作。

昔闻洞庭水①，今上岳阳楼。

吴楚东南坼，乾坤日夜浮②。

亲朋无一字③，老病有孤舟④。

戎马关山北⑤，凭轩涕泗流⑥。

【翻译】

从前只听说洞庭湖茫茫大水，

如今我果真登上这岳阳楼。

吴楚在东南裂坼，

天地在日夜漂浮。

亲友故旧没有一字音信，

---

① 洞庭：即洞庭湖。据《岳阳风土记》，登岳阳楼"下瞰洞庭，景物宽广"。 ②"吴楚"二句：吴，古吴国之地，今江浙一带；楚，古楚国之地，当今两湖及江西、安徽部分地区。这里吴楚连称，即指我国东南地区而言。坼（chè 彻）：裂开。乾坤：本是《易》二卦名，乾卦象天，坤卦象地，故后用以指天地。二句写登览所见的洞庭湖雄伟景象。或谓这二句亦含有国家身世之慨。 ③ 无一字：没有书信相问。 ④"老病"句：马茂元说："这时杜甫年五十七岁，除了原患肺病外，又患风痹症，右臂偏枯，左耳已聋。他出蜀以后，未曾定居，全家都在水上漂荡着。" ⑤ 戎马：指战争。这年（768）八月，吐蕃又进兵灵武和邠州，长安很紧张，直到年终由马璘任泾原节度使，郭子仪移朔方军镇邠州，分头防御，才稍见安定。 ⑥ 轩：窗户或廊上的栏杆。涕泗：眼泪鼻涕。

老病之身只剩了一叶孤舟。

听说关山之北仍然是戎马扰攘，

靠着栏杆不由得泪水横流！

江南逢李龟年

大历四年(769)三月杜甫离开岳阳,到了潭州(今湖南长沙),居留到第二年(770)春天。此时杜甫遇到了安史乱前著名的音乐家李龟年,写了这首诗相送。两人都流落天涯,故诗中叙旧而兼有身世之感。江南,即谓江、湘之间,龟年流落江、潭,故曰江南。

岐王宅里寻常见①,崔九堂前几度闻②。

---

① 岐王:唐睿宗第四子李范,封岐王,开元十四年死。或说,天宝三年,玄宗封李业的儿子李珍为嗣岐王,此即指李珍。寻常:常常。 ② 崔九:原注:"崔九即殿中崔涤,中书令湜之弟。"他与玄宗款密,曾任秘书监,排行第九,故称崔九。堂:正屋。

正是江南好风景，落花时节又逢君①。

【翻译】

岐王府邸里时常相见，

崔九堂前您的音乐也多次听闻。

如今正是江南的大好风景，

在落花时节又重逢君。

① 落花时节：实指暮春，兼喻彼此暮年流落的身世之伤。君：指李龟年。

《古代文史名著选译丛书》编纂始末[1]

马樟根　安平秋

今年1月，《古代文史名著选译丛书》已经出到100种101册（其中《史记》为2册）。4月份，最后的33种也已交稿。这样，全书133种即将呈献在读者面前。[2] 一项服务当前、造福子孙的普及优秀古代文化、进行爱国教育的大工程将宣告完工了。回想

①《古代文史名著选译丛书》由全国高校古籍整理研究工作委员会主持，古委会直接联系的18个古籍整理研究所为主要承担机构，章培恒、安平秋、马樟根任主编。本文于1992年4月，在《中国典籍与文化》杂志发表时题目是《衣带渐宽终不悔——〈古代文史名著选译丛书〉编纂始末》。这次将此文作为2011年修订版附录时，去掉原正标题，以原副标题为正式题目。 ② 至1994年4月最后定稿时，全书为135部。2011年修订版出版时，全书为134部。

这一套丛书动员18所院校，投入100余人，从1985年筹划，1986年起步，到今天已度过了六七年的岁月，个中甘辛令人难以忘怀。

一、北大·苏州·北大

——酝酿与筹划

编纂这样一套丛书，起因于1981年7月。当时陈云同志派人到北京大学召开了小型座谈会。来人告诉与会人员陈云同志最近在考虑两个问题：一个是粮食，一个是古籍整理。对古籍整理，特别讲到陈云同志说："整理古籍，为了让更多的人看得懂，仅作标点、注释、校勘、训诂还不够，要有今译，争取做到能读报纸的人多数都能看懂。有了今译，年轻人看得懂，觉得有意思，才会有兴趣去阅读。今译要经过选择，要列出一个精选的古籍今译的目录，不要贪多。"这就是后来收入《陈云文选》的那段话。1981年9月，中共中央关于整理我国古籍的文件中一字不差地强调了这段话。1983年，教育部成立了全国高校古籍整理研究工作委员会(简称古委会)。古委会主任周林同志根据中央和陈云同志意见，提出了组织力量今译古籍。但在当时，经过"文革”后的古籍整理工作百废待兴，加之一些学者对今译重要性的认识远非今日之深，这一工作一拖便是两年。

1985年5月，全国高校古委会在苏州召开了一届二次会议。周林同志在会上作了“人才培养和古代文化遗产普及问题”的专题发言，他分析了“解放三十多年来，由于‘左’的路线干扰，特别是‘文化大革命’，几乎使我们的民族文化到了中断的边缘，出现了对古代文化知之不多，或知之甚少的状况”，要教育界的同志“做好普及古代文化知识的工作”，搞好古籍的今注今译就是其中的一项重要任务，“高校古委会要在这方面多下功夫”，“高校古籍研究所无疑应担负起这个任务”。他针对当时一些人轻视古籍的今注今译思想，呼吁“我们对于选本、今译等有利于教育普及的东西，应承认它的学术价值”，“《昭明文选》、《唐诗三百首》、《古文观止》等是地道的选本，流传几百年，发生那么大的影响，能说没有水平?”“专家们深入浅出的在对古文献研究基础上的译注，对普及古代优秀文化作出重大贡献，算不算高水平的成果呢?”“古文既要译得恰当、准确，又要通畅易懂，难度是很大的”，“为了社会主义精神文明建设，古籍整理这方面也要作出应有的贡献”。一石激浪，沉寂了几年的今译古籍的话题又重新活跃起来。会上作了一番认真讨论。

经过这样的酝酿，1985年7月，全国高校古委会科研项目评审组的专家们聚集在北京大学勺园，筹划编纂一套古籍今译的精选本。初步定名为《古籍今译丛书》，议定了收书范围、内容，开列了65种书的选目。并决定由科研项目专家评审组召集人、复旦大学古籍所所长章培恒教授和参加过陈云同志在北大召开座谈会、当时古委会主管科研工作的副秘书长安平秋同志共同负责，与秘书处同志一起具体筹划。经几个月的筹备，决定由古委会直接联系的18个高校古籍研究所承担这一工作，组成编委会，并开列出89种书的选目，对选译的进度、规划亦作了设计。此时，几家出版社闻讯而至，表示愿意出版这套丛书。最早与我们联系的巴蜀书社的段文桂社长以其强烈的事业心和对古籍今译的高度重视感动了我们，于是决定邀请巴蜀书社编辑参加第一次编委会议。

二、从柳浪闻莺到桂子山上

——第一批书稿的产生

第一次编委会于1986年5月在杭州柳莺宾馆

召开。宾馆因位于西湖十景之一的柳浪闻莺而得名。全国高校18个研究所的24名学者和有关人员聚集在这风景胜地,无心观柳,亦无从闻莺,紧张地工作了三天。会上确定了这套普及读物的读者对象是具有中等以上文化程度的广大群众,收书范围是中国历代文史名著,在名著之中选精。所选书目,在原拟89种基础上,调整为116种,以形成系统性。书中选篇之下分提示、原文、今译、注释四部分,以译文为主,书前有一前言,书中加入必要的插图。每一种书约10—15万字。书名确定为《古代文史名著选译丛书》。即由到会的24位学者组成丛书编委会①,由章培恒、马樟根、安平秋三人任主编。于是,编委会立即分成三个工作小组,在会上分头拟出丛书《凡例》、《编写、审稿要求》和《文稿书写格式》,经讨论修改而形成了正式文字以供遵循。在

① 编委会成员按姓氏笔划排列为:
马樟根　平慧善　安平秋　刘烈茂　许嘉璐　李国祥
金开诚　周勋初　宗福邦　段文桂　董治安　倪其心
黄永年　章培恒　曾枣庄(以上为常务编委)
王达津　吕绍纲　刘仁清　刘乾先　李运益　杨金鼎
曹亦冰　常绍温　裴汝诚(以上为编委)

自报的前提下，会上确定了由18个研究所承担前40部书的今译任务，要求当年年底完成。古委会主任、丛书顾问周林同志对编委会的认真精神、紧张工作和显著效率十分赞赏，他说：“有这样一个编委会，有这样一个阵容来做选译，使中国历史文化不成为专属于少数人的知识，使能看报纸的人都读懂自己民族的名著，从而树立爱国主义、建设有民族特色的精神文明，其意义之深远将会在今后愈益显露出来。”于是，有1000余万字的大工程便从这里开始了。

当年年底各研究所的今译书稿经作者完成后，由在该所的编委审改，到1987年5月和7月，先后在复旦大学、北京大学两次召开编委审稿会。这种审稿会，说是审稿，实际上是边审边改，字斟句酌，每部书稿必须经一位编委、一位常务编委审改把关，经过这样两道工序，汇总到主编手中，40部书稿通过了25部。其中部分书稿赶印了样稿征求意见。于是周林同志于7月6日在北大临湖轩邀请了在京十几位专家与正在审稿的编委一起研究样稿，探讨如何提高这套今译丛书的质量。

根据编委审稿发现的问题和在京专家们的意

见，从书亟需在已定体例的框架中条列细则；而出版单位巴蜀书社又希望所出版的第一批书为50种以便形成格局，需要布置各研究所承担新的今译任务。这样，1987年10月在华中师范大学再次召开了编委会，又请了詹锳、周振甫、刘乃和、郭预衡等先生到会指导。

这次编委会是在审看了40部书稿后，发现了一大批问题亟待解决，又是在需要布置下一步任务的状况下召开的，是一次承上启下的编委会。会议初期人们的心情和会上的气氛都带有一股子严峻与急切。会议从5日到8日开了三天半。但是在4日晚上开预备会的时候，主编章培恒先生尚未到会，亦无他是否已从上海出发的信息。5日上午就要开会了，主编不到怎么行呢？5日一早，我们还在沉睡之中，忽听有人敲门，进来的竟是章培恒！一向风神儒雅、衣装考究的章培恒先生，此时却是一身尘灰、满脸疲惫地站在我们面前。原来他从上海出发前，未能买到机票或船票，而上海到武汉又没有直达火车，只好先从上海坐火车到长沙，为了不误5日上午开会，他只好买了一张无座票，夜间从长沙出发一直站到武昌。一向走路辨不清方向的章培恒竟然在夜色未退之前一人从车站摸到了华中师大专家楼,也算是奇迹。

这次编委会,从体例的具体要求、书中选篇是否合适、每篇中的提示如何写、注释的繁简和语言的通俗性,到今译的信达雅如何把握,例如李白的“床前明月光,疑是地上霜,举头望明月,低头思故乡”这样通俗的诗是否要翻译,在在都有热烈的争论。感谢编委们的努力和学术判断力,最后终于形成了一个《细则》,一切争论都统一在这个《细则》之上。编委们在思想明确、分得新的任务之后,显出了少有的轻松与喜悦。会议结束正逢中秋节,华中师大的专家楼坐落在武昌桂子山上。入夜,桂子山上举行了赏月茶会,几张方桌,围坐着全体编委和特邀到会专家。天上明月如盘,清辉洒地,眼前桂树葱茏,桂花飘香,华中师大古籍研究所的青年们活跃席间,引得王达津先生即席赋诗,刘乃和先生清唱京戏。这气氛预示着《古代文史名著选译丛书》克服了当前的困难,第一批50种书稿有如母腹中的胎儿,快要降生了。

三、华清池畔的愁云与人民大会堂的欢欣

——第一批书出版的柳暗花明

1988年10月,编委们再一次聚会,审定第一批

50种中的最后十几部书稿、修改第二批50种中的大量书稿。这次审稿是在“东枕华山、西拒咸阳”的骊山脚下、华清池滨的一家招待所。这里古朴而不豪华，食宿低廉却又实惠，审稿之余，左近有风景可观，有古迹可寻，房内有43℃的温汤沐浴，编委们平日在校教学、科研工作劳累而生活清苦，如今有这样的环境与条件，感到少有的惬意。我们作为主编觉得这也是对编委们两年来辛勤编书的一点补偿。但这种适意之感很快就被两件事所驱散。一件事是书稿的质量。几十部书稿交来，一经审看，从注译到体例完全合格的只有寥寥可数的三四部，余下的，或需小改，或需大改，或根本不合格需退回重作。另一件事是出版发行成了问题。到会的巴蜀书社副社长黄葵同志向大家通报了即将印出的16本书征订情况，最多的为2000册，且只有一种，其他的只有800册、600册，甚至还有200余册。征订不佳，销路不畅，出书要赔钱，出版社为难，编委们又无计可施。此时哪还有心思去观赏“骊山云树郁苍苍，历尽周秦与汉唐”？也无心绪登上骊山，在烽火台前怀古。且正值“楼台八月凉”的节令，只有华清池畔秋雨飘零，秋风瑟瑟，落叶满地，不禁愁从中来。

愁则愁，还得面对现实。书稿质量不高，靠到会近20位编委十余天的逐字逐句修改，终于改定合格17部。至于出版发行问题，巴蜀书社的朋友费心经营，重新设计了封面，改进装帧，将第一批50种装成一个大礼品盒，成盒出售。从中又得到了国家新闻出版署、四川省出版局、国家教委有关司局和各省市教委的大力支持与帮助，发行面得以扩大，到了1990年下半年，首印的17000套书销售已尽，而问讯、索购者不绝，出版社决定再印30000套以供读者需要。中央领导了解到这套丛书受到读者欢迎，欣然为丛书题辞，江泽民总书记的题辞是“做好我国古代文史名著的传播普及工作，使其古为今用，以发扬爱国主义精神”，李鹏总理的题辞是“弘扬民族优秀文化，激励爱国主义精神”。李瑞环同志也为丛书题了辞。

1990年8月22日在北京人民大会堂召开了《古代文史名著选译丛书》出版座谈会。国家领导人李铁映、胡乔木、李德生、陈丕显、廖汉生、王汉斌、王光英出席，古委会主任周林同志主持会议，到会各阶层代表在发言中从不同角度肯定了这套书对促进青少年了解历史、了解国情、了解中华民族优秀传统文化、进行爱国主义教育的作用。时值盛夏，却逢喜雨，洗却了编委和出版社同志心中的忧虑，参加大会堂座谈会的13名常务编委会后又聚集在北京大学讨论深入认识编纂这套丛书的重大意义，研究审改好第二批书稿的具体措施。

四、从舜耕山庄耕作到乐山脚下

——第二批书稿审定之艰辛

第二批书稿50种50册，是1987年10月布置的。1988年10月在西安审改合格的17部书稿都已放入第一批中以替换原已通过的第一批中质量较差的书稿。这样，第二批书稿当时余下的已完成的有20余部，却都不合格，只能要求译注者和编委再行修改。一年之后，编委会汇总来重新改好和新译注交来的第二批书稿44部，1989年10月于济南千佛山下的舜耕山庄召开了常务编委审稿会。

这次审稿，发现的问题较多。有的选目不当，如有的史书重要人物的传不选却选入无关紧要而又无学习价值的人物传，有的名家的文章名篇不选却选入既无文学价值又无借鉴意义的篇章。有的选译所依据的底本不当，舍弃现有的精校本却用校勘不善的本子。有的虽有根据地改动正文却只在注释中说"原作……据别本改",而不指明据何本改。有的注释过繁,不利于一般读者阅读;有的注释极简,该注释的地方不注,使广大读者看了译文仍无法理解全文的精妙;而更多的是注释不准确,对一字一词增字为训而歪曲了原意的毛病也较普遍。译文问题更多,有的语义不清,佶屈聱牙,把"三顾频烦天下计,两朝开济老臣心"译为"三顾茅庐频烦为天下大计,两朝事业开济尽老臣忠心",有的为追求通俗生动把"君何往"中的"君"译为"老兄"。每篇的提示,有的写得很长变成了文章赏析,有的虽短却不中肯綮,用了类似"文革"期间的语言扣几顶大帽子了事。看这样的稿子都觉头痛,改这样的稿子更感艰难。审稿历时 12 天,参加审稿、当时 63 岁的黄永年先生向我们诉苦:"头发掉了一把!"有的编委说,千佛山古称历山,传说舜在这里开垦耕耘,十分艰辛,我们住在舜耕山庄,预示着我们为这套丛书垦荒笔耕,也要历尽千辛。这次审稿,经过审改之后,有 10 部书稿合格,有 11 部需会后再作小的修改方能通过,余下的均需作大的改动或另请人译注。

这次审稿还研究了所选戏曲部分的曲辞如何今译问题，如规定了念白中出现的诗句只注不译，上、下场诗只注不译，注而不译的文字在译文中应予保留以便参读。

到1990年12月，丛书常务编委在广州研究丛书如何体现批判继承精神、如何提高第二批书稿质量时，又有18部书稿完成交来。为了保证书稿质量，使1991年上半年召开的常务编委审稿会得以顺利进行，我们三个主编从广州匆匆赶到北京，用了一周时间审看了这18部书稿，通过了7部，1l部退改。当我们看完最后一部书稿碰头研究时，已是12月31日。在1990年一年内，我们仅仅通过了这7部书稿。加上1989年在舜耕山庄通过的10部，也仅有17部，尚差33部方足第二批的50部。

1991年5月，常务编委来到古称嘉州的乐山市，在乐山山腰的八仙洞宾馆继续审改第二批书稿。改稿时间只有十天，要力争将50部推出，其繁重可知。我们在改稿过程中，不禁想到明万历年间嘉州知州袁子让的诗句"登临始觉浮生苦"，想到这套丛书从起步到这次审改已历时5年，当初怎么也没有想到完成这套丛书会是如此的艰辛，真是登临始觉笔耕苦啊!

这次乐山审稿,通过了13部书稿。好在余下的20部书稿只须小改即可在会后交稿,终于在1991年8月将这20部书稿全部改定交巴蜀书社。第二批50部历时近四年终于定稿了。

五、在金陵古都作光辉的一结

——第三批书稿的完成

1990年12月据出版社的要求,这套丛书出齐当为150种,到乐山会上又修正为110种至125种,最后数字的确定根据最后一次审稿结果而定,合格的即入选,不合格的不再修改选入。根据这一共识,今年4月中旬,我们一部分常务编委聚集到六朝古都南京,从已经交来的35部书稿中选择经小改合格的书稿。经过十一天的劳作,选择、改定33部,由到会的常务编委、巴蜀书社的段文桂总编和编委、巴蜀书社的刘仁清副编审带回成都,将经由他们的继续辛苦而使《古代文史名著选译丛书》以133部、1500万字之数呈献给热爱中华文化的读者。

这套丛书从1986年5月起步,历时整整六年,平日繁细工作不计,仅编委大小审稿会就开了12次之多。丛书的发起人、顾问、古委会主任周林同志先后参加了8次审稿会，每次都自始至终和大家在一起，听取审稿情况，了解遇到的问题；当我们遇到困难的时候他为我们鼓劲，当我们感到欣喜的时候他提醒我们不可大意。这次他又和我们一起来到虎踞龙蟠的石头城下，为我们督阵，看我们能否为这套丛书作出光辉的一结。

此时此刻，我们与这次会议的东道主、丛书常务编委、南京大学的周勋初先生漫步在中山陵旁，想到今译丛书已基本完成，自然感到如释重负，但理智却使我们不敢轻松，我们期待着全书133部出齐之后专家、读者的评头品足。

1992年4月26日

（原载《中国典籍与文化》1992年第1期）

古代文史名著选译丛书(修订版)总目

丛书主编:章培恒　安平秋　马樟根

书　名	译注者	审阅者	定价/元
老子注译	张玉春　金国泰	安平秋	16.00
庄子选译	马美信	章培恒	18.00
荀子选译	雪　克　王云路	董治安　许嘉璐	19.00
申鉴中论选译	张　涛　傅根清	董治安	18.00
颜氏家训选译	黄永年	许嘉璐	15.00
论语注译	孙钦善	宗福邦	28.00
孟子选译	刘聿鑫　刘晓东	黄　葵	20.00
墨子选译	刘继华	董治安	14.00
韩非子选译	刘乾先　张在义	黄　葵	19.00
新序说苑选译	曹亦冰	倪其心	25.00
论衡选译	黄中业　陈恩林	许嘉璐	22.00
管子选译	缪文远　缪　伟	董治安	18.00
列子选译	王丽萍	周勋初　倪其心	19.00
韩诗外传选译	杜泽逊　庄大钧	董治安	24.00
盐铁论选译	孙香兰　刘光胜	黄永年	13.00
诗经选译	程俊英　蒋见元	刘仁清	19.00
楚辞选译	徐建华　金舒年	金开诚	15.00
贾谊文选译	徐　超　王洲明	安平秋	17.00
司马相如文选译	费振刚　仇仲谦	安平秋	11.00
文心雕龙选译	周振甫	黄永年	17.00
庾信诗文选译	许逸民	安平秋	18.00

书　名	译注者	审阅者	定价/元
嵇康诗文选译	武秀成	倪其心	18.00
谢灵运鲍照诗选译	刘心明	周勋初	18.00
陈子昂诗文选译	王　岚	周勋初　倪其心	14.00
李白诗选译	詹　锳　等	章培恒	22.00
高适岑参诗选译	谢楚发	黄永年	23.00
元稹白居易诗选译	吴大逵　马秀娟	宗福邦	21.00
柳宗元诗文选译	王松龄　杨立扬	周勋初	18.00
李贺诗选译	冯浩菲　徐传武	刘仁清	20.00
杜牧诗文选译	吴　鸥	黄永年	14.00
李商隐诗选译	陈永正	倪其心	19.00
唐五代词选译	亦　冬	董治安	16.00
唐文粹选译	张宏生	周勋初	18.00
晚唐小品文选译	顾歆艺	平慧善	15.00
黄庭坚诗文选译	朱安群　等	倪其心	18.00
辛弃疾词选译	杨　忠	刘烈茂	24.00
元好问诗选译	郑力民	宗福邦	20.00
宋四家词选译	王晓波	倪其心	16.00
黄宗羲诗文选译	平慧善　卢敦基	马樟根	15.00
吴伟业诗选译	黄永年　马雪芹	安平秋	20.00
方苞姚鼐文选译	杨荣祥	安平秋	20.00
明代散文选译	田南池	马樟根	22.00
顾炎武诗文选译	李永祜　郭成韬	刘烈茂	23.00
张衡诗文选译	张在义　张玉春　韩格平	刘仁清	16.00
汉诗选译	张永鑫　刘桂秋	金开诚	19.00

书　名	译注者		审阅者		定价/元
阮籍诗文选译	倪其心		刘仁清		15.00
三曹诗选译	殷义祥		刘仁清		22.00
诸葛亮文选译	袁钟仁		董治安		16.00
陶渊明诗文选译	谢先俊	王勋敏	平慧善		16.00
杜甫诗选译	倪其心	吴　鸥	黄永年		17.00
王维诗选译	邓安生	等	倪其心		20.00
刘禹锡诗文选译	梁守中		倪其心		20.00
孟浩然诗选译	邓安生	孙佩君	马樟根		18.00
韩愈诗文选译	黄永年		李国祥		20.00
欧阳修诗文选译	林冠群	周济夫	曾枣庄		20.00
曾巩诗文选译	祝尚书		曾枣庄		19.00
苏轼诗文选译	曾枣庄	曾　弢	章培恒		23.00
李清照诗文词选译	平慧善		马樟根		15.00
陆游诗词选译	张永鑫	刘桂秋	黄　葵		24.00
朱熹诗文选译	黄　珅		曾枣庄		20.00
文天祥诗文选译	邓碧清		曾枣庄		20.00
袁枚诗文选译	李灵年	李泽平	倪其心		20.00
王安石诗文选译	马秀娟		刘烈茂	宗福邦	18.00
二程文选译	郭　齐		曾枣庄		25.00
范成大杨万里诗词选译	朱德才	杨　燕	董治安		26.00
萨都剌诗词选译	龙德寿		曾枣庄		28.00
王阳明诗文选译	吴　格		章培恒		18.00
徐渭诗文选译	傅　杰		许嘉璐	刘仁清	17.00
李贽文选译	陈蔚松	顾志华	李国祥	曾枣庄	17.00

书　名	译注者		审阅者	定价/元
三袁诗文选译	任巧珍		董治安	17.00
王士禛诗选译	王小舒	陈广澧	黄永年	13.00
龚自珍诗文选译	朱邦蔚	关道雄	周勋初	13.00
尚书选译	李国祥 谢贵安	刘韶军 庞子朝	宗福邦	14.00
礼记选译	朱正义	林开甲	宗福邦	22.00
左传选译	陈世铙		董治安	22.00
国语选译	高振铎	刘乾先	黄　葵	22.00
战国策选译	任　重	霍旭东	李国祥	21.00
吕氏春秋选译	刘文忠		董治安	17.00
吴越春秋选译	郁　默		倪其心	19.00
史记选译	李国祥 张三夕	李长弓	安平秋	29.00
汉书选译	张世俊	任巧珍	李国祥	22.00
后汉书选译	李国祥 彭益林	杨　昶	许嘉璐	24.00
三国志选译	刘　琳		黄　葵	18.00
晋书选译	杜宝元		许嘉璐	15.00
宋书选译	漆泽邦	孔　毅	李国祥	19.00
南齐书选译	徐克谦		周勋初	18.00
北齐书选译	黄永年		安平秋	16.00
梁书选译	于　白		周勋初	17.00
陈书选译	赵　益		周勋初	17.00
南史选译	漆泽邦		安平秋	22.00
北史选译	刁忠民		段文桂	20.00

书　名	译注者	审阅者	定价/元
周书选译	黄永年	安平秋	15.00
魏书选译	杨世文　郑　晔	周勋初	22.00
隋书选译	武秀成　赵　益	周勋初	20.00
新唐书选译	雷巧玲　李成甲	黄永年	16.00
旧唐书选译	黄永年	章培恒	16.00
新五代史选译	李国祥　王玉德 姚伟钧	周勋初	18.00
旧五代史选译	贾二强	黄永年	17.00
宋史选译	淮　沛　汤　墨	曾枣庄	20.00
辽史选译	郭　齐　吴洪泽	曾枣庄	21.00
金史选译	杨世文　祝尚书 李文泽　王晓波	曾枣庄	21.00
元史选译	樊善国　徐　梓	马樟根	25.00
明史选译	杨　昶	李国祥	20.00
清史稿选译	黄　毅	章培恒	22.00
贞观政要选译	裴汝诚　王义耀	黄永年	18.00
史通选译	侯昌吉　钱安琪	周勋初	16.00
资治通鉴选译	李　庆	黄永年	16.00
续资治通鉴选译	徐光烈	安平秋	24.00
通鉴纪事本末选译	谈蓓芳	章培恒	21.00
洛阳伽蓝记选译	韩结根	章培恒	22.00
梦溪笔谈选译	李文泽	曾枣庄	20.00
徐霞客游记选译	周晓薇　等	黄永年　马樟根	17.00
宋代笔记小说选译	朱瑞熙　程君健	金开诚等	19.00
关汉卿杂剧选译	黄仕忠	刘烈茂	24.00

书　名	译注者	审阅者	定价/元
明代文言短篇小说选译	黄　敏	章培恒	23.00
六朝志怪小说选译	肖海波　罗少卿	刘仁清	21.00
世说新语选译	柳士镇　钱南秀	周勋初	23.00
水经注选译	赵望秦　段塔丽　张艳云	许嘉璐	19.00
唐人传奇选译	周　晨	曾枣庄	24.00
唐五代笔记小说选译	严　杰	周勋初	21.00
大慈恩寺三藏法师传选译	贾二强	黄永年	18.00
宋代传奇选译	姚　松	周勋初	22.00
聊斋志异选译	刘烈茂　欧阳世昌	章培恒	22.00
阅微草堂笔记选译	黄国声	安平秋	16.00
清代文言小说选译	王火青	周勋初	23.00
历代名画记图画见闻志选译	周晓薇　赵望秦	黄永年	17.00
容斋随笔选译	罗积勇	宗福邦	20.00
唐才子传选译	张　萍　陆三强	黄永年	24.00
西厢记选译	王立言	董治安	20.00
元代散曲选译	彭久安	刘烈茂　金开诚	21.00
日知录选译	张艳云　段塔丽	黄永年	22.00
桃花扇选译	张文澍	章培恒　段文桂	15.00
牡丹亭选译	卓连营	章培恒	14.00
长生殿选译	戚海燕	董治安	20.00